# 浮生二十一章

任晓雯 著

北京出版集团公司
北京十月文艺出版社

# 目录

# 为无名者立传

——《浮生二十一章》前言

## 一、为什么写《浮生》

2013年，《南方周末》朱又可先生建议：你在写作版开个专栏，写点“故事性”文字。我说：那来一组人物素描吧。这样写起了《浮生》。

最初，我以为会似《米格尔大街》《都柏林人》《小城畸人》，很快意识到，《浮生》是完全不同的。报纸版面把每篇局限在两千字，使它无法像常规小说那样铺展开来。除了自讨苦吃的我，谁用写小说的方式写专栏呢。

第一篇《浮生》磨掉整整三十天。写一个中年男人，有惊无险度过半辈子政治风浪。我的首要工作，是从一地鸡毛的人生里找出叙述支点——这个男人的懦弱。他被寡母压制，他受妻儿漠视，他夹起尾巴做人，皆源于懦弱。我据此挑选细节，又借细节抹去构思意图。毕竟，文字最终呈现人性的逻辑，而非作者的逻辑。

我继而意识到，这个中年人随波逐流的秉性，是很“中国”的。于是定下整个系列挑选人物的宗旨：个性明朗，境遇普遍。这与惯常的构思方式不同。在小说中，人物个性理应通过情境碰撞和一次次自由选择来呈现。但《浮生》没有迂回空间。两千字的人生，不得不剔除非常态和戏剧化。我让人物从最初开始，就黏连在社会图景里。让他们的年龄、出身、经历，尽可能参差。就像用一枚枚浮子，标识出旋涡的方向。这种对历史进行微观叙述的意图，使《浮生》拥有了“非虚构写作”般的气质。

初篇完成后，读者和编辑部反响不错。我拾掇勇气继续。写过七八篇，停了下来。原因之一，是感觉把构思裁成两千字，未免有点浪费。我掉转笔头，将一篇《浮生》改写为长篇。三十五万字的《好人宋没用》，花掉近三年时间。它并非扩大版《浮生》。和《浮生》兼顾人性与历史的初衷不同，《好人宋没用》对人的书写是第一目的，也是唯一目的。它的志向是重新发现人。发现作为个体的人，对苦难的回应，关于死亡的态度，以及灵魂深处的秘密。

在写作长篇的过程中，我重拾《浮生》。有了“大部头”比照，我反而发现，两千字“螺蛳壳”里能做的“道场”，远比想象的多。譬如，它可以是文字试验场。我之前对语言的自我要求，唯简洁准确而已。续写《浮生》后，糅入了文言和沪语。我试图用古朴的语言制造年代疏离感，也试图让人物更具地域特色。

我有个写作习惯：看到人物在头脑里走动了，方能落笔。在初习阶段，我的人物都是“英译中”嘴脸。渐而随和下来，仍是满口落字成文的普通话。现在，沪语进来了，古语进来了，头脑里的人物顿时鲜活。我甚至能感受他们噼里啪啦说话时，咸酸的唾沫溅射而来。

和很多中国当代作家一样，我是被西方译著诱向写作的。经过十多年跋涉，我试图回到明清笔记小说的语言传统里去。逐字打磨，调配语感。词性的转变，虚词的取舍，节奏的口语化，句子的长短松紧。平衡于生硬与烂熟之间，制造不失流畅的新鲜感。尤其注意动词。名词决定了丰富，动词决定了生动。古典语言里的动词，多有以一当十的风采，这是翻译体欠缺的。比如《水浒传》中，好汉让店小二上菜，店小二“铺”下一盘牛肉来。简单一个“铺”字，即刻起了画面：盘子大得豪放，几欲盖住桌面，牛肉在上头满当当摆开。

沪语的融入又是另一回事。我刚学写作时，认为南方方言吃亏。后来虽仍坚持这个判断，却也逐渐意识到，在地域背景明确的小说中，方言可以并且应该被运用，这对人物和叙述有着双重增益。至于能否气脉贯通，并让所有汉语读者看懂，则取决于写作技术。方言不是目的，是手段。写作者有权决定它的疏密度，决定它和上下文的关系，决定它以何种方式，揳入以北方官话为基调的叙述语言之中。

此外还有个变化：后期写作的《浮生》，不再标注年代，改用细节暗示。百来年的时局动荡，牵动了每个平常人家。服饰、发型、风物、语言、精神面貌、起居细节，皆隐藏着一部政治经济和意识形态的变迁史。譬如，为什么会有爱国布。旗袍何时为节省布料而降低领口。刘胡兰头、柯湘头、红卫兵头如何交替流行。布拉吉的盛衰，跟中苏关系的亲疏有何种对应。“工人阶级领导一切”后，用肥皂水洗白了的帆布工作服颜色，怎样一举抗衡国防绿海沧蓝等流行色……我希望在细微处撕开裂口，向小人物背后的浩大历史做出召唤。

## 二、《浮生》概况

《浮生》系列多数刊登于《南方周末》，部分刊登于《南方都市报》和《山花》，并被《小说月报》《读库》《思南文学选刊》《读者》《橡皮》《Soul客文艺》《21世纪年度小说选》等转载。感谢朱又可、戴新伟、帅彦、徐晨亮、李晁、张立宪、项静、张涛、钟音、杨黎、易小荷、董啸、文珍等师友。

《浮生》若干篇目被译介成外语，还获得了第十七届百花文学奖和2016年度《南方周末》外稿奖，在此感谢相关人士。

《浮生》系列首篇写于2013年5月，末篇写于2016年12

月。三年半的摸索调整，使得前后文字风格有所参差。值此结集之际，做了修改统一，并拿掉六篇不够满意的。望能不负读者。

## 三、《浮生》是不是非虚构

常有人问，《浮生》是不是非虚构写作。

在我看来，不存在完全意义上的非虚构写作。所有言说都是主观的，是经过遴选和组织的，是被情感、记忆、自我维护的本能所洗刷的。事实一经语言说出，即被窄化和扭曲。在不同叙述人口中，在各个写作者笔下，呈现不同面目。我不假装客观公正。因为我不是“无偏差的旁观者”，上帝才是。

人是观念的囚徒，也是语言的囚徒。但这不是语言的错。语言本身所含的创世之力，使得人类妄想与神比肩。巴别塔之后，人类的语言被打散。语言成为人的边界，也成为人的局限。但在局限与无限的张力之间，创作力诞生了。这种创作力所呈现的，并非真实中的人类境况，而是语言中的人类境况。

基于此种认识，《浮生》写作分两个侧面。在历史细节上，我试图以还原的方式——即所谓“非虚构”，来趋近真实。在人性细节上，我则另有途径。人性是幽深的，摇曳不定的。我不倚赖当事人的自我描述，而是借重体察与怜悯。体察源于自己，怜悯及于他人。由此而生想象，想象而生细节，往往能填沟平壑，趋近人性的真实。

《浮生》的人物原型来源有三。一是对亲友的采访；二是口述史；三是网友自述。我的工作实质，是在历史学和社会学意义之外，对它们进行文学的阐释和总结。在此感谢接受采访的亲友，感谢启发了我的学者、口述史作者和网络书写者。也感谢我的母亲，她凭借惊人的观察力和记忆力，成为一座强大的人肉史料库。

《浮生》诸篇中，《张忠心》《周彩凤》的人物原型，来自《口述小三线建设》（上海教育出版社，2015年版），感谢采访者和整理者徐有威、吴静、李婷、邬晓敏。

《江秀凤》《袁跟弟》《高秋妹》《曾雪梅》《谭惠英》《何秀花》的人物原型，来自《上海职业妇女口述史》（广西师范大学出版社，2013年版），感谢作者程郁、朱易安，感谢采访者和整理者李铁川、顾毓敏、王立、陆杰等人。

《刘新中》的构思受益于网络上的《被“放逐”的上海人》一文，感谢作者阮清华先生。

《曹亚平》的人物原型，来源于某知青论坛网友，感谢作者。

因为经过文学的想象加工，为避免不必要的名誉纠纷，文中人名皆为虚构。由于本书是文学作品而非学术著作，不再罗列所有参考文献。再次感谢所有提到了或没提到名字的记录者、整理者。他们价值非凡的工作，使得我这本小书的写作，成为了可能。

最后感谢责编韩晓征老师，绘制插图的王小老师，和北京十月文艺出版社总编辑韩敬群老师。感谢他们为此书付出的心血。

写于2017年2月25日星期六

改于2018年9月26日星期一

袁跟弟

十二岁上，袁跟弟第一次见美元。父亲袁德才引她至阿蒂克风格的屉柜前，轻启一屉，“给你长长见识。这是阿美利加钞票，‘道勒’（dollar）。一沓子捏在手里，能把人耳朵割下来。”过道窸窄，父女蹑足逃回客厅。

袁德才，滨海县人，木匠。听闻上海遍地黄金，便舍了薄田，举家迁至上海，以修补家具为业。经人介绍，给个美国女人当长工。逾年，央着雇主，把做童工的大女儿弄到俄罗斯犹太人家帮佣。邻里嘁测，“好好的工厂不做，跟罗宋瘪三搅了一道。”袁德才说：“他们懂个屁。‘卖大母’（Madam）讲了，在阿美利加，女人家是有志气的。跟弟，你也有志气，以后像卖大母一样，到外国去。”

袁跟弟的男主人是犹太人医院会计师，女主人在国际饭店当大班。袁跟弟给他们带小囡。小囡学讲话，她跟着学，很快会了俄罗斯语。还尝试烤蛋糕、煮罗宋汤。

逾数年，老家娃娃亲来逼婚。袁跟弟跪泣一晚，“我是开过眼界的，回不去了。”袁德才赔了二十斤猪肉钱，退了亲。女主人听闻此事，相帮她撮合对象。张鹏生，海门人，念过私塾，在犹太人医院做牙科助手。玳瑁眼镜，派克式发型，笑起来眉眼酷似赵丹。他带袁跟弟到兰心大戏院，看俄罗斯舞蹈团的《天鹅湖》。袁跟弟问他，为何不学俄语。他道：“学那个做啥，医院里厢有翻译的。”

第五年上，时局飘摇，雇主举家回国。袁跟弟歇工结婚，未几有了孕。新房子在长乐路，一格亭子间，十二平米，张家用两条小黄鱼顶下的。春杪，弄堂里晾晒的男人衣裳纷纷遭窃。风传是国民党干的，吃了败仗，装作老百姓逃跑，换下的军装扔满街角花园。

一日清晨，袁跟弟拎了菜篮头踱过路口，见上街沿睡满士兵。布鞋，布腿，短檐圆帽，灰白制服。各户收音机，齐唱《东方红》。袁跟弟颠着脚回家，见丈夫亦站在收音机前。相顾懵腾。张鹏生道：“不搭界，该哪能活，就哪能活。”

岁余，孩子断奶。袁跟弟重新出去找了个雇主。卖葡萄酒的白俄老太。袁跟弟给她封酒瓶。印度软木塞煮酥，插紧，渍一下釉水。时或帮忙喂狗。牛肉、面包、洋葱、马铃薯、胡萝卜混煮，拌几只鸡蛋。

老太误将“跟弟”念成“凯蒂”。给她看沙皇照片，横掌做抹脖子状，“凯蒂，这是俄国皇帝，全家都杀头了。”袁跟弟诺诺，回家与夫言。张鹏生道：“外国反动分子，千万别理睬。出了事体我不管你的。”

居数月，白俄老太起意去澳洲。行李众多，又带了两条狼狗，想让“凯蒂”陪至香港转乘飞机。袁跟弟办好赴港手续。张鹏生道：“你去了不回来怎办。”袁跟弟骇异，“我做啥不回来。”“不要装戆。你老早子作风很朴素的，穿个大襟衣服，头上扎块爱国布。现在呢，衣裳是缎子的，头发烫得七绕八绕。腐蚀成啥样了。向往资本主义花花世界了吧。我姆妈讲你心思活络，不是个过日脚的。我后悔不听老人言。”袁跟弟哭一场，推辞了白俄老太。

翌年，洋人纷纷离沪，犹太人医院解散。张鹏生领了五百块解散费，失业在家。两年后，熬空家底，令袁跟弟一道回乡。袁跟弟道：“我是上海长大的，不会得做农活。”张鹏生道：“要么回去，要么离婚。”争吵数日，袁跟弟妥协。

在海门，张家有砖瓦房一幢，田地四十亩，被定为中上农。张母攒了稻麦，不舍与人分食。孩子们饿到肋骨可数。袁跟弟去仓中偷米，兑了水，放进砂罐，在灶膛里慢慢煨熟，给一儿一女吃。

张鹏生嗜好烟酒，捺不得乡居清淡，半年后独自归沪。少时，袁德才来信，说三星糖果厂招工，让女儿也回去。张母道：“刚来就想走，当这里是啥了。”袁跟弟让她拿粮食换船票。张母拍腿喊穷。袁跟弟道：“我种地不利索，拖了两个小囡，真会把你吃穷的。”张母这才嘀嘀咕咕，匀她两袋麦子。

轮船甫一开出南通码头，袁跟弟开始呕吐。到家时，满嘴苦胆汁，下巴都脱臼了。张鹏生醺醺然道：“哪能回来了，啥人允许你的。”袁跟弟口不能开，涔涔泪下。去医院查出颚软骨挫伤。每天拿一把扁勺子，塞饮白开水和粥。

逾日得知，糖果厂要求技术考试。袁跟弟买来半斤方糖、半斤圆糖，练习包糖纸。考取为正式员工。病一场，瘦得坐骨突棱，起立不安。硬撑着白天做家务，晚间上夜班。怕自己瞌睡，故意抢了重活干，在电炉上熔蜡。年末被评为先进工作者。

开春，糖果厂迁至南京。袁跟弟对张鹏生道："你也没工作，不如一道去。"张鹏生面皮赪红，"你肚皮又大了，不好好养着，去南京那种乡下地方做啥，"又道，"哪有男人跟了女人跑的。"袁跟弟辞了职。张鹏生打零工，读夜校。每月学费二十元，花光妻子积蓄。终于考上执照，在家里开一爿诊所。牙科椅占掉半间房。拆去大床，全家打地铺。

袁跟弟生了女儿。断奶后，到波兰人家帮佣。一做三年，学了点波兰语，在侨民中名气渐长。一次患阑尾炎，东家来医院探望，即刻被人上报。出院后，总工会约谈她，说她违反法律，"外国人在中国不好随便乱走，更不好跟中国人走动。外国人的用人必须国家指派，否则泄露了国家机密，啥人担责任。我们去工会调查过了，你是私人介绍的，没有经过组织。”勒令她编个理由辞工。袁跟弟向东家诉了实情。东家欲帮她去工会补办手续，被拦住，“他们就是恨我会讲外国话，跟你们关系好。”

工会盯了袁跟弟五六趟，又找张鹏生做思想工作。张鹏生整日咻聒，不许妻子出门。袁跟弟只得辞了工。少顷，居委会介绍来一名劳动局干部。自称姓邓，穿便衣，反复研诘：“你在波兰人家做过啥，讲过啥。”晚饭后方走。张鹏生道：“早让你和洋鬼子划清界限。看看，惹麻烦了吧。信不信我也跟你划清界限。”袁跟弟道：“随便你，我无所谓。”张鹏生吃瘪。

翌日清早，邓便衣复来。继而上班似的，天天报到。自带茶叶和搪瓷杯，讨要开水冲泡。啜茶，咂嘴，剔牙，问这问那。无话可问了，玩弄假牙模型。或拧开红灯收音机，躺到牙科椅上，哼哼唧唧听电台。

稍后，政府拟将张鹏生的私人诊所并入静安区牙防所，允诺每月三十块补偿。袁跟弟提条件，要求解决自己就业。两厢僵持。张鹏生瞒着她，签了字。及至诊所器械搬走，被告知补偿费用减为十块。又说张鹏生没有正规医学文凭，工资降到六十八块。袁跟弟说："你就是胆子小，耽误事体。"张鹏生说："你自己没工作，倒有面孔讲我。"

袁跟弟翻出失业证，兜头甩给邓便衣，"你在我家坐着，有吃有喝，有工资拿。我却吃西北风。要不你帮我介绍工作，我保证每周陪你谈一趟。否则我自己出去寻生活了。"她指使孩子们上前捽衣抱腿。

邓便衣磨她不过，介绍她到北京西路劳动服务队。自己跑去滨海县，找袁家阿舅探问情况。阿舅说："我三八年参加八路军，我外甥女从小做童工。一家门政治上清清爽爽。倒是她那个男人，给犹太医院跑过腿，可能有点资产阶级思想。"

翌年，劳动队辞退了袁跟弟。领导说："邓同志只让你做一个月。我看你工作卖力，才留了这么久。现在搞整顿，你没有介绍信，我们不好办。要不你自己找找邓同志。"袁跟弟跑到劳动局，发现没有姓邓的人。去居委会，又至派出所。派出所说："邓同志是外事处的，他有他的工作需求。"袁跟弟吵起来，"我是坏分子吗，索性把我铐走拉倒。"

最后街道出面，安排她到通用制药厂，做外包工。两年后，工厂缩减人员。袁跟弟又失业。辗转数月，至上海十七漂染厂。每日价忙到天黑，与小组长一起关窗户、切电源。张鹏生道：“临时工一个，卖力得像是劳动模范。”袁跟弟眼白一翻，“反正我做啥，你都看不惯。”张鹏生不语，少时，道：“你忒要强了，跟个男人似的。”

来年，袁跟弟转为正式工。参加厂里的扫盲班，学习写汉字、做算术。三个学期后，能佐着《新华字典》，阅读《毛主席语录》了。或问：“你天天待在教室，不回去陪陪家里人。”她答：“跟家里人没啥话好讲。”

路灯跳亮了，袁跟弟阖上本子，松松腿脚。灌一口自来水，啃两只白馒头，独自走去公交车站。帆布书包上悬一只小算盘。满盘松木珠子，随了脚步，沙沙滑移。仿佛小学生。她模模糊糊有了触动。

此后上班下班，日脚安稳，直至大儿从黑龙江插队归来。袁跟弟提前退休，让他顶替进漂染厂。在家无事，练练毛笔字。央视开播《跟我学》后，又购入教材，自习英语。揣一本《工作手册》，记满单词，时时背诵。张鹏生

忽一日，唤来大儿，“樟木箱底下有件长袍，掩襟口袋里有张‘道勒’，多少年不敢拿出来”

道："吃饱饭没事体做。"她道："保不准以后有机会去美国看看呢。我外文名字都是现成的，叫'凯蒂'。"张鹏生哈哈不已，当个笑话，说与邻人，还"凯蒂、凯蒂"乱叫。

袁跟弟让他别叫。弗听。袁跟弟搦了鸡毛掸，敲一通桌子。又召集家庭会议，宣布要离婚。儿女哗然，"老妈疯了吧，搞啥花头精。""屁大点事体也发火，是不是肝脏不好。""老两口吵吵闹闹，不都熬了一辈子。"袁跟弟流泪，"就因为熬了一辈子。"

喧过几天，袁跟弟突然中了风。愈后双手哆嗦，口齿含混。张鹏生哼道："让你出去飞呀。"袁跟弟缄默。忽一日，唤来大儿，"樟木箱底下有件长袍，掩襟口袋里有张'道勒'，多少年不敢拿出来。"大儿依言，果然寻到一张1934年版美元。捋平褶子，递过去。袁跟弟眵泪模糊，使力捻一捻，点头道："是这样子的。"

写于2015年12月31日星期四

改于2018年1月5日星期五

张忠心

张忠心八岁的记忆里，回家探亲的父亲张绍礼，已然是个小老头。面孔发暗发红，跟放久了的生肉块似的。关节粗大的手指头，捏牢两根木筷子，往堆成尖的米饭上戳点，“素音，你看，我们厂就建在山腰里，山脚上去都是宿舍，你一来就住大房子。工资不变，可物什便宜呀。吃的米都是新米，笋干鲜是鲜得来。内部电影随便看，黄山随便爬。你不是喜欢爬山吗。安徽风气也好，不像上海这么乱，你一人带两个小囡，又要上班，小囡轧上坏道怎办。”

陆素音挑起半筷子饭，又放下，“我就搞不懂，你为啥主动报名去皖南。人家躲也来不及，领导一个一个做思想工作。你到崇明支过农，我俩也不在一个系统，本来可以不去的。”“我是老党员，要有觉悟。毛主席说了，三线建设一天不搞好，他就一天睡不好觉。怎能让他老人家睡不好觉。”

张绍礼提出申请，将妻子调到上海自行车厂，再转至皖南光明机械厂。大半年后，办妥手续。安徽派来一辆交通牌方头大卡车。初夏时分，日头开得早。看热闹的街坊们，拎着小菜篮头、捏着煤饼钎子、提着马桶洳筅。“真走啦？房子哪能办，交给单位吗？”“素音到安徽住大房子，还在乎这屁眼一点点的亭子间。”“听说安徽人烧起小菜来，像是盐钵斗翻脱，肯定吃不惯。”“吃不惯就回来，乡下头有啥好待的。”“户口都迁了，哪能好回来。”

张忠心被司机托上车去，缩靠在母亲身边。卡车往前一轰，弟弟哭起来。陆素音轻轻拍拊他。一路无话，出上海，经平望，辗转湖州，小停于泗安。下午三时开到安徽广德，从宁国进了山。上坡下坡，迂回兜转。一家人跟手风琴的风箱似的，忽而挤紧了，忽而甩开去。陆素音呕吐过三次，张忠心额角被车门撞瘀了。稍微平坦的间隙，各人汗着两只手，上下抓挠蚊子包。

山中竹林长势缜密，风吹不动，灌木绿到发黑。其间白点簇簇，是散居的人家。白点渐少下去，山林的轮廓也混沌了。卡车驶入山坳，至油坑村，停在光明厂食堂大礼堂门口。张绍礼仍在加班，一位同事相帮接待，将陆素音母子分置在男女宿舍。传说中的大房子，不过是些双层简易楼。外墙裹了土黄色喷浆，凹凸如蜂巢。一条条水泥梯从楼腰上甩出来，陡然插落于楼房之间。

旬余，全家搬作一处。陆素音被派到后勤处食堂，每日渥着两腋油烟味，从清晨四时，忙到夜间七时。弟弟在宿舍区玩耍。张忠心踞坐于水泥梯上，翻来覆去背乘法口诀。一个月后，他被安插到两公里外的瀛洲小学。陆素音再三请求，张绍礼同意请半天假，送儿子报到。张绍礼说："要好好学习。"张忠心说："哦。"两厢无话。

过瀛洲古驿道时，张忠心见拦路有堆牛粪，踢了一踢。"牛粪"盘盘然动起来，原来是条大蟒蛇。张忠心胫股皆软，狂奔出一段，啊呀跌入小河浜。扑腾几下，站稳了，流泪打捞书包。张绍礼已走远，良久折回来，"哪能走到河里去了，课本统统湿光，你能做好啥事体。”张忠心双手击拍水面，呼喊道：“张绍礼，你个大骗子，安徽啥都没有。”

瀛洲小学设在粮站内，一班十来人，全是当地孩子，经常抢夺张忠心带去的肉馒头。代课老师满口土话，听得张忠心一懵一懵。他开始逃学，攥了防狼的柳树条，漫山乱走。山色无常，倏尔落雨，倏尔起雾，云影子跟快速挥动的旗帜似的，从峰崖上大匹大匹扯过去。时或鸟兽煞静，唯闻山风四击，啌啌作声。张忠心害怕了，高唱《学习雷锋好榜样》。回声迎面扑荡，愈发怵人。

他犹如做梦一般，想起卡车后窗上的那一瞥故乡。灰砖、青瓦、三层阁、老虎窗、弄口的标志坊、街边的电线木头，尽皆浸泡在晨光里。挥手作别的阿姨爷叔们，迅速退远开去。上海现在怎样了，听后来的职工子女讲，学生天天闹革命，父母老师都被打倒。安徽的山沟沟里头，啥时也能闹起来？若是打倒张绍礼就好了。

逾年，光明厂子弟小学建成，抽调了几名工人当老师。老师整日里轧轧三胡，将课时随意打发过去。张忠心愈加野了，斗鸡、刮骨片、打弹子、吃香烟。打起架来，跟不要命似的，径往人脑袋上抡砖头。他做的火柴枪最为出名。铁丝拗成枪架，子弹壳钉作枪管，橡皮筋、自行车链条、轮辐条，逐次拼焊而成。捻一根火柴，插入枪膛，扣动扳机，能射至一米开外。

时有伙伴到上海过寒暑假，回来讲起生煎、小笼、鲜奶蛋糕，还有一种棒头似的硬面包，叫法式面包。“他们上海人奇怪吧，白天也看电影的。”众人哄起来，“什么话，你也是上海人啊。”“我们这种人，在安徽是上海人，到了上海就像乡下人。”

张忠心大声道：“上海人有啥稀奇，多只手还是多条腿。”夺门出去，踩着满路砂石，眼见快到绩溪县城了，从腰头上拔了火柴枪，朝一棵老树啪啪射击，“张绍礼，都怪你，打死你，打死你。”打光整盒火柴后，跟虚脱了似的，晃着两条臂膀，一步一挨往回走。

到家已是后夜，张忠心咣啷敲响搪瓷杯，“为啥不带我们回上海看看，”旋即自答道，“我晓得，老头肾不好，工作又忙，姆妈要照顾他。总有一百样理由。也是，去上海了又怎样，还不是要滚回来，死在这大笼子里头。”

张忠心大声道：“上海人有啥稀奇，多只手还是多条腿。”夺门出去

黑暗中，张绍礼缓慢发声，“现在又有高考了，你可以拼一记，自己考出去。小辰光在上海，成绩蛮好的，还是红小兵排长。现在大了，不上进了，只晓得怪天怪地。”“我毙了你，毙了你信不信。”张忠心抽出火柴枪，摸摸索索顶在父亲颧骨上。房内煞静。张绍礼喉间倏然一响。他在笑，嗤啦啦笑不停，仿佛这是天底下最好笑的事情了。

写于2016年8月31日星期三

高秋妹

高秋妹初见养父母，是在五岁时。高盘玖穿了一袭机织布长衫。张咏珊盘了对鬟，石青色阴丹士林高领旗袍底下，玻璃丝袜淡淡泛光。他们站在新普育堂的会客间，看着像是来做人客的。高盘玖在两排孤儿里反复挑拣，逐个查看头发牙齿，最后选中高保生和高秋妹。

养父母皆是广东人。高盘玖在束发之年，自己跑到深圳宝安码头，央着跑船的人，带他来上海。他做过讨饭瓜子，逾数年，至十六铺码头当学徒。三十五岁上，开了“打拚馆”，雇来十多个工人，给外国人修轮船。他在鸭绿路上认识个咸水妹，带回家来，在武昌路同仁里借了前楼同住。张咏珊不能生育，便到孤儿院领养。这是六七年后，高保生告诉高秋妹的。高秋妹问，咸水妹是啥意思。哥哥附耳道，就是跟外国人困觉的中国女人。

高秋妹看轻养母，却钦佩养父。养父自学识字和打算盘，还订了两份报。高秋妹六岁起，拿了报纸，楼上楼下地问，学得二三十个字。高盘玖夸她聪明，欲送她上学。张咏珊道："女仔读什么书啦。"吵一架。翌年，养父做主，将她送到武昌路三元公庙里的私立小学。

高盘玖投资赌场，未几，亏了本，带高秋妹去讨债。赌场在永安公司七重天楼上，讨债队伍一径排过南京路。轮到高家父女时，天色已然昏昧，对方将空了的钱袋子一抖，让他们下个月来。旬余，养父僵着脸回家，说："赌场大老板逃去香港了。"

高家收拾细软，搬到华龙路顾家弄，住进三层阁。逾数月，被人找上门，讨欠债，讨工资。哥哥停了学，到太古码头做记录员。养母出去当保姆。想让高秋妹进工厂，年龄太小，未遂。高秋妹便荡在弄堂里，帮双职工倒倒马桶，给小脚老太挑挑井水，赚几个铜钿。养母没钱囤米，每到开火仓时，让她揣个小淘箩，出去现买两升米。高秋妹不敢吃饱，时或半夜饿醒，听家人们磨牙、放屁、说梦话，看老虎窗上渐渐亮起来。

一日，养父给高秋妹塞了块梨膏糖，说："你要乖乖叫，长大后待妈妈好一点。"出门上班，再没回来。有说他外逃躲债，有说是被人做掉了。张咏珊不敢报警，怄着一口气，詈骂高秋妹。夜里厢，她唤起养女，让她跟个"阿二头"走。高秋妹问："你把我卖了吗？"张咏珊答："你是大人了，要学会给家里赚钞票。""阿二头"将高秋妹偷偷带进袜子厂，花了半晚时间，教她做熟工序。翌日领去见拿摩温，"小姑娘年龄不大，做生活却是熟手，不信你试她一试。"厂里收留她做夜班，负责在流水线旁，把袜头对准袜筒套上去。高秋妹时或站着睡过去，脑袋一冲一冲，几欲扎进机器里。拿摩温用铁管敲她，敲过几次，将她辞退。

张咏珊继续赶她出去做工。高秋妹磨过螺丝钉，当过缫丝工。最后在烟厂里，负责把蒸熟的烟叶抽掉老茎。她拉了满手的泡，每日回得家来，养母帮她逐个挑破，把一对流脓的小手，浸在明矾水里收干。

翌年，东洋人打来，私营工厂纷纷关闭。高秋妹失了业，出去捡菜皮，拾垃圾，剥死人衣裳，常被“三道头”举着警棍追打。移时，高保生又要搬走。张咏珊这才晓得，他找了个照相馆老板的大小姐，做起倒插门女婿来。她哭一场，对高秋妹道：“白眼狼，白白里养大你们，翅膀硬了，都想朝外头飞。”藏起高保生送的大米，顿顿用六谷粉煮粥，给高秋妹吃。

高秋妹愈发消瘦，锁骨耸棱棱如刀背。她替有钱人家喂狗，帮纺织女工带孩子。无事可做了，满街乱走，寻点零碎生活。或有人介绍去日本工厂，弗肯。她亲见一个南顾家弄的女人，被日本兵拖进据点。张咏珊劝了劝，叹道：“不去就不去吧，儿大不由人。”她年前腹泻欲死，以为是“二号病”，却慢慢活了回来。自此倏然见老，对养女有了近乎讨好的依赖。

忽一日，听闻中纺一厂在招养成工。高秋妹时已二十，谎称年方及笄。负责招工的拿摩温，掰了根竹头，往她头顶上一比，信了。高秋妹被分到细纱间，做挡车工。工友互以工号相称。有个“60号”，与高秋妹相善，将自家二哥介绍与她。张咏珊觉察了，跌足道：“你去别家伺候男人了，让我哪能办。”摸到“60号”家里，闹一场，“别看秋妹长得小样，都快三十岁了。身体也没发育好，怕是以后不能生。”

男友提出分手，高秋妹大病。张咏珊喂粥喂汤，半夜扶她溲溺，替她清洗血短裤。道：“我伲娘俩家头，你照顾我，我照顾你，一辈子就过掉了。要男人做啥，想想你爸，你哥，哪个靠得牢。”高秋妹讷然。

此后，母女依傍度日。高秋妹常年夜班，晚间十时到厂，清晨六时回家。整日里昏淘淘睡觉。忽而响了一夜枪，路上睡满解放军。忽而中纺一厂改名国棉一厂。忽而军代表来了，拿摩温废了。高秋妹只管守住纱车，闷头做事。偶尔落几根灰头发，才会捻了手指头，出一歇神。

一日，居委唤了高秋妹去，盘问她家人情况。高秋妹说：“高保生政治立场坚定，早跟资本家老婆撇清关系了。倒是张咏珊，在旧社会做过妓女，专门跟外国人搞七捻三。”妓女张咏珊，成了街道重点批斗对象。早请示，晚汇报，没事就被拎出来，吊块颈牌，垫只杌子，立在街边认罪。造反派用塑料眼药水瓶吸了泔水，灌进她的耳朵。又在她胸前悬了一痰盂罐尿液，让围观者投石入罐。还拿杀鱼剪刀铰坏她的头发。不批斗时，令她扫街。她穿

“我伲娘俩家头，你照顾我，我照顾你，一辈子就过掉了。要男人做啥，想想你爸，你哥，哪个靠得牢。”高秋妹讷然

了卡其布工装，戴了藏青色工人帽，从弄口扫到弄底。时有孩童结伙而过，撩掉她的帽子，露出阴阳头来。她搁下扫帚，一抖一抖，弯腰去捡。一次，高秋妹见到，犹豫着，替她捡了。她将帽子拍回地上，说："当初高盘玖想要两个儿子，我说一男一女好，才会收养的你。我脾气不好，却从没打过你。你倒讲讲看，我哪里待亏你，你到底恨我个啥。"

写于2016年6月9日星期四

余鹏飞

余鹏飞初见上海，是在十二岁时。他和伙伴们挤在村长家。松木方桌上的十四寸电视机，“雪花”飘闪，嚓嚓声不绝。男演员一身粗布短褂，挎了只竹篮头，走过招牌、霓虹、排门板、电线木头、法式梧桐，“白斩鸡喽，卖白斩鸡喽。”屏幕里的上海，黑白驳杂，光影疏冷，仿佛一个梦境。

填写高考志愿时，余鹏飞仍跟做梦似的。一类本科全填“上海大学”，“是否服从调剂”栏统统写“否”，二类本科及以下尽皆空白。老师父母轮流做思想工作，“分数都能进清华了。非要去上海，也可以报复旦。”余鹏飞道："进了上海再说，我就是求稳。"最终父亲点了头，"去吧，去当个上海人。上海人哪怕失业，也比我们农民过得好。"

夏杪，余鹏飞背着被头、面盆、热水瓶，到宝山校区报到。新建的宿舍楼，一室四铺。室友皆有人护送。上铺同学的母亲，对余鹏飞做出拨划手势，"让一让，让一让。"她带来录音机、小风扇、电暖壶、木吉他，把一只摩托罗拉汉显BP机压在儿子枕底，轻声交代道："下铺困了一只阿乡[1]，你物什园园好。"

入夜，家长走了，男生们聊起天来。两个上海人，一个回沪知青子女，聊乔丹、皮蓬、《同桌的你》《阿甘正传》。上海话听着像在打乒乓，叮叮咣咣，来回扣杀。余鹏飞下了蚊帐，半寐不寐。对铺改说普通话，"余鹏飞，对不起，你没听懂吧。我们在讨论接待新生的学姐，短发那个好看，还是长发那个好看。"余鹏飞想一想，道："女生留长发好，留到腰里最好。"

逾数月，室友彼此熟稔了，商议买电脑。余鹏飞说：

---

① 上海话，意为乡下人。

“电脑会影响学习。当然啦，这是小钱，我就觉得没必要。”稍后，余人凑钱置了一台兼容机，说：“你想用也能用。”余鹏飞额角一抽，“干吗用你们的，”又道，“我上小学时，家里就有大彩电了。”

室友谈论OICQ和MUD游戏，余鹏飞插不上话，愈发不回宿舍。他做两份家教，应聘校工会助管，余时待在图书馆。入暮，学生走空，一架架的书籍，蒙了尘土般颜色，似要倾轧过来。他坐不住了，收拾书包，往市区去。

余鹏飞听闻，早年夜外滩站满情侣，香面孔的，摸屁股的，撩衣服的。他下了公车，沿了岸堤，一径想象。时有老头老太拦截他，兜售地图和旅游纪念品。他用夹生沪语道：“阿拉弗需要。”绕至暗处，俯下烫红的脸。江风挟了腥腻，把江水从远处推挤过来，在水泥防汛墙上撞出一波波湿迹。他渐觉身在黑白电视屏幕中。

大三下学期，余鹏飞路见一女生，拎了四瓶热水。一挂窗帘布似的头发，随了步子，在臀际摆扫。他跟过一段，小跑上前道：“同学，我帮你。”女生啊地回头，露出黑色胶框眼镜和半张糯米团子脸。

春节，余鹏飞回老家，忍不住说与大姐。即刻全村知道了：老余家的幺儿子，搞了个上海女朋友。父亲道：“穷人家流血流汗，才能吃口饭。这小屄养的倒好，找个资产阶级娇小姐供起来。我豁他嘴巴子。”母亲摁下他，“飞飞从小懂事，读书跟拼命一样。他是为了留上海。”余鹏飞道：“我没那么功利。姚悦婷很朴素的，脾气也好，不像上海人。”

他提前返校，找起了实习。姚悦婷相帮打简历、写申请信，还将报刊招聘信息，剪贴在活页本上。展眼开学，毕业班乱纷纷。寝室仅剩一个考GMAT的，从床底脚盆里拖出一沓沓题卷子，臭着嘴，睨着眼，在写字桌前佝缩整日。

余鹏飞说：“你们上海单位，只想要上海人。我已尽全力，不行就算了。”“啥叫算了，”姚悦婷鼓起腮帮，将眼镜框子顶上顶下，“再等我一年，我也毕业了。”“毕业又怎样，你爸妈会接受江北人吗。”姚悦婷一怔，“不是那个意思。”

月余，余鹏飞实习的杂志社，忽与他敲定下来。姚悦婷到七浦路，为他买一件聚酯纤维西装。又陪去延安西路，在高校就业指导中心申请上海户籍。租房子，办手续，忙乱停当，余鹏飞要回趟老家，“舅爷爷过世了，表大爷要放焰口。你五一长假没事，跟我一道吧。”姚悦婷考虑再三，向父母捏个谎，说与同班女生出游。

两人坐长途大巴，往乡下去。车窗玻璃外，景物渐次粗淡。余鹏飞说：“你没到过农村吧，不要嫌鄙我们。”姚悦婷笑了，“怎么会，我最热爱大自然了。”下了车，又步行五六里。姚悦婷越走越慢，时或停住，往稗草上蹭蹭耐克鞋帮的泥。

天色发黄时，遥望见村口。余母穿了件过年新买的涤纶袄子，久候在路边。余鹏飞做介绍时，她讷讷然笑，掐住姚悦婷胳膊，怕她跑脱似的。姚悦婷悄对男友道：“还以为是你奶奶呢。”他睃她一眼。

余家内外挤满人，争相观赏上海姑娘。余母说：“飞飞替祖宗长脸啦。”给姚悦婷凳上垫一块布，面前放一只新碗。鸡鸭鱼肉，一盆盆铺上来。姚悦婷见菜色晦暗，便去拉电灯开关。尼龙绳上轰起一团黑雾。原是密匝匝停满的苍蝇。

余母问：“吃这么少，不爱吃吗。”姚悦婷摆手，“肚皮有点不舒服。”余鹏飞领她出去，说：“你闷声不

“瞎讲，你们待我这么好，这么好，这么好。”姚悦婷嗓子喊破了，隐觉面颊作痒，一摸一手泪

响，面孔都拖下来了，琢磨啥呢。”姚悦婷说：“你们口音太重，我听不懂。”两厢无话，走至茅厕。姚悦婷揭了帘子，见里头一大坑，秽物层层叠高，黄的黑的、软的硬的、粗的细的，几欲漕出来。白蛆犹如浪沫子一般，慢吞吞翻进涌出。她啊呀捂住鼻头，又跑又踩脚。余鹏飞捽住她，“我看出来了，资产阶级娇小姐想把乡下人甩掉。”“瞎讲，你们待我这么好，这么好，这么好。”姚悦婷嗓子喊破了，隐觉面颊作痒，一摸一手泪。

写于2016年11月17日星期四

周彩凤

周彩凤始终记得十九岁那年，由同事马小霞领着，捧了棉被，拎了杌子，揣了一袋水煮鸡蛋，从义门镇出发，走十几里山路，到“上海佬”工厂看露天电影的光景。

工厂是七年前建的。周彩凤的父亲曾被雇去炸山。厂房刷成泥土色，砌起砖墙，拉起铁丝网。东一座，西一座，匿在山坳子里。做邮递员的老乡讲，工厂通信邮箱地址用的全是代号，厂里有人别着手枪巡逻，仿佛军营一般。渐有闲话传开，说上海佬是来造大炮手榴弹的，要与美帝苏修做斗争。

逢到星期天，造大炮手榴弹的上海人，一串一串，蚂蚁出洞似的，来县城买东西。他们讲话嘀呱松脆，字句像从舌尖上弹出来的。饮食就更古怪了，居然吃虾蟹、田螺、甲鱼，连青蛙黄鳝都吃，还从上海运带鱼来吃。

周彩凤相帮父亲摆过摊，兜售芝麻、花生、瓜子、老母鸡。收了摊头后，父亲边点钱，边抱怨，说上海佬一来，样样涨价，“丰收”香烟都抽不起了。周彩凤一径嗯啊，想着上海人的手表、假领头、的确良衬衫、卡其中山装。他们裤脚也比本地人的小，窄窄拖将下来，搭配一双白色回力鞋，别提多好看。

周彩凤从涡阳一中毕业，到义门镇当了老师。同事马小霞的二姐嫁与上海工人。马小霞因着便宜，去厂里洗不花钱的澡，仍背地数说二姐，“当了‘土上海佬’，真以为是上海佬了。回娘家也说上海话，烧肉居然放起糖来，还在枕头上垫毛巾。”周彩凤面色逐渐赪红了，“嫁给上海佬，政审严格吗？”马小霞似笑非笑道：“像你家的成分，是肯定不行的。”一时怏怏而散。周彩凤躺在宿舍里，翻来覆去琢磨。倏然起身，取一块毛巾，垫在枕头上，再将脑袋轻放下来。

逾数年，父母催婚渐紧。周彩凤说要响应晚婚号召，又说想参加高考。母亲跑去跟马小霞诉苦：“彩凤被小资产阶级情调腐蚀了。舍得花一整月工资，买上海床单。肥皂盒和自行车垫也买上海的。这是过日子的吗，传出去谁敢娶。你跟她最要好，帮我说说去。”

马小霞便去说：“我家男人的二表舅在险峰厂当军代表，要不帮你介绍个上海佬。”周彩凤道：“我家成分不好。”马小霞讪讪起来：“风气不一样了，现在不讲成分。二表舅在村里也是说了算的人，肯定给你选个好的。”

周彩凤这才作了喜色，回家说与父母。母亲道：“姑娘家的，送上门被男人挑，让我出去抬不了头。”父亲道：“吃个鸡翅膀，就要飞了呀，我是不会给路费的。”周彩凤不言语，自己掏钱买车票。

绿皮火车进山后，换作解放牌大篷车。一路淌泥，颠颠停停，往深处去。二表舅发现周彩凤在流泪，便道：“别慌，这事肯定成。厂里光棍一抓一把，跟白洋河的石头似的。他们闹到劳动局，说上海女人不肯来，局里发文给了优惠政策。只要你肯嫁，就能进工厂，粮油关系也能转进来。”周彩凤曼声道：“我虽是乡下人，却也住在县城郊区，以后真要嫁到山沟沟里一辈子吗。”二表舅一怔，没头没脑道：“方沪生是个大好人。”

方沪生，钳工，初中生，八年前进的厂。个头与周彩凤一般高，面皮焦巴巴的。两只离得过远的眼睛，使面相略显呆钝。他对二表舅说：“周同志好像老了一点。”二表舅道：“再老也是个女人，掰开大腿能用就成。”

两人很快领证。险峰厂劳资科派了人，到县城粮站迁户口。县里人说：“乡下户口进上海了呀，怎么弄的，我们也想弄。”母亲逢人便道：“彩凤从小有志气，没她办不成的事，”抓了别人的手，摁在自己衣衽上，“你摸摸，上海货，涤纶针织两用衫，女婿送的，时髦吧。”

周彩凤进厂后，被安排扫厕所。一个叫彭爱华的老乡与她同工。周彩凤说：“我好歹是高中生，当过老师的，现在做这种生活。”彭爱华道：“就是。你看上海来的女工，那个姓王的，长得像只猴子，前胸后背一样平，男人们还把她供起来，三班都不让她上。谁让我俩是乡下人，进的又是大集体。”“乡下人一样是人啊，本来就不该分啥乡下人城里人。”彭爱华骇然道：“你读书太多，思想有点反动。”自此两厢疏远。

女儿半岁时，险峰厂移交给了当地政府，方沪生夫妇被安置回沪。方沪生说：“你运道忒好，很多人山里一待十几年，你一年多就来上海了。”周彩凤说：“我要谢谢你的。”方沪生说：“我也是年纪大了，寻不着别人。其实跟你相亲时，我还谈着个黑龙江对象，看过照片，年轻漂亮。通信三四年，她就是不肯见面。我怕两头吃不着，就算了。”一时无话。方沪生问：“你在想什么。”周彩凤答：“我想买点菜，烧顿好的，庆祝一下。”

周彩凤逛了小菜场，归途碰到个新邻居，絮叨一路。邻居说：“你一歇上海话，一歇普通话，是北京来的高干吧。”周彩凤不答，进门顾自微笑。方沪生冷着脸过来，在小菜篮头里翻检，“买啥了，去那么久。记住，茄子别和肉炒在一道，番茄蛋汤放些洋山芋。我吃不惯你们安徽人烧法的。”周彩凤诺诺，想着邻居的话，又笑起来。

及至汤菜上桌，方沪生说：“我反复关照过的，怎么汤里还是没放洋山芋，当我讲话是放屁吗，”撩手将锅子掀在地上，“你个乡下人，不是因为我，哪能来上海。”俄顷，怒气稍歇，过来掰周彩凤的肩膀，“别哭了，你哭起来窸里窣落，听得人难过。我晓得的，你一直嫌鄙我文

周彩凤甩开他手，抹了泪，俯身收拾狼藉，“离个屁婚，跟谁过不是过，孩子都生了”

化低。彭爱华在安徽就离婚了。你也可以离，反正已经是上海人。我不怪你。”周彩凤甩开他手，抹了泪，俯身收拾狼藉，“离个屁婚，跟谁过不是过，孩子都生了。”

写于2016年10月10日星期一

曹亚平

曹亚平至今记得那个夏天。他看完《柏林情话》，定在胜利电影院门口。天野已然玄青，对街牙白色楼顶上，镶了一丝浅粉。散场和入场的人，同时从前后冲刷他。吃纸杯冰激凌的女学生，将他挤动起来。他捂着两腋痱子，走过七站路。一个新鲜的人生理想，在身体里持久震荡。

高三毕业，曹亚平报名上海戏剧学院表演系。收到准考证，压在桌玻璃下，不时看一晌。彼时，就职国棉十七厂的大哥，反复谈论大字报；念中学的小妹，常带《青年报》回家，誊抄转载的社论。他不及留意，直至五毛钱报名费，被兑成邮票，退了回来。

两年后，曹亚平乘“友谊号”客轮，至崇明东风农场。翌年成为“修地球”能手。插秧、施肥、耘地、锄草、间苗、采棉、割稻、挑担、脱粒。草帽下半张铜黑的面孔，手腕上一条煞白的毛巾。肩头结起厚硬的茧，宛若两枚徽章。走在人群中，扎高半个头，得了“长脚”称号。女知青们留意他，说他肖似梁波罗。

曹亚平擅讲故事。收工后，空酒瓶插了野花，置于行李箱拼成的桌上。倚桌开讲《绿尸体》《基度山恩仇记》《安娜·卡列尼娜》。室友冯军间歇演奏小提琴。宿舍挤满了人，听完犹自不去。卸下门板当饭桌，拎一只洋火炉，烹几道小菜。气枪打了麻雀，与面疙瘩同煮。稻田放水时捡的鲫鱼，高筒套鞋装回做汤。手电筒裹上红布，诱捕整整一面锣螃蟹，蒸得膏黄喷香，兼佐农友探亲带回的辣酱、炒麦粉、大白兔奶糖。轧轧三胡，抿抿老白酒。

吃到酒气冲头，齐吼《知青之歌》。吼罢，眼底浮泪。点一支牡丹烟，轮流抽着，掏起了私房话。说及有人上调。冯军道：“曹亚平，哪天咱们都回去了，我骑着老坦克，到你楼下喊，长脚，上班啦，快点死下来。”曹亚平哽声道：“我不上班，我要念戏剧学院。我的人生理想是当演员。”邻室王红旗插话：“屁精才当演员。”曹亚平一拳击中他鼻梁。众人两厢劝开，煞兴而散。

次年，场部来了工作组，发动“一打三反”。讲故事的曹亚平，被定为“宣扬封资修毒素的黑势力”。隔离、批斗、监督劳动、办“学习班”。大字报贴满食堂和宿舍屋山头。没人敢搭讪，唯目光相接，默递一支烟。

王红旗检举，冯军是曹亚平的小兄弟，同属一个小集团。一日，冯军趴在床上，用小提琴弓毛套牢脑袋，钩到床头横挡上。室友发现时，他已身体僵硬，脚底板青到发紫，看似一条被命运拉紧项圈的狗。

运动骤然开始，悄然结束。如洪水扫荡而过，留一地荒碱。曹亚平背也佝了，脖子也缩了。满下巴胡楂子，跟苔藓似的。他白天扛泥络担，拖两脚泥水，在开河工地上走。夜里睁了眼睛，听岛风拨刺白垩墙缝，呜呜作声。门后挂晾的汰脚布无人取用，冻得硬邦邦。想起是冯军“畏罪自杀”的遗物，偷偷收好。

室友渐次回了城。当交警、进航道局、做中学老师、入工矿企业。新到者叽喳嬉闹，像是来春游的。笑言绑行李的草绳藏藏好，今朝下乡，明朝上调。曹亚平嫌他们粗鄙，怏怏寡交。逾年，上调人数骤减，渐而取消了。开始顶替政策。知青们通关系，找门路。病退、困退、商调。花样百出地离开。

宿舍空了泰半，长起蘑菇和霉斑。留守者疯野了。吃酒、旷工、斗殴。曹亚平的新室友，每晚打大怪路子。经他抗议，移去路灯下。打过通宵，意犹不足。每人五分洋钿，凑足一元整，打赌吃煤球。真有人拿煤球兑了水，一饮而尽。还有打赌吃油肉、喝酱油、荡竹竿。仿佛玩掉性命才好。

曹亚平父母早已退休。他顶替无望，报名参加高考，得了二百八十五分，因“政治表现不佳”被刷。年复一年，面皮如鼓皮，抻得松弛了。这才起念成家。

梁惠珍是场部小学老师。父母皆在场部医院。母亲跟小姐妹抱怨：“姓曹的大我家珍珍十多岁。除了几分卖相，啥都没有。男人家卖相好有啥用。珍珍吃死爱死，还要闹自杀。是我帮她洗的胃，眼泪水哭干了，只好同意下来。”

曹亚平和梁惠珍，领了结婚证，敲定大喜日。梁家老夫妇换起新衣裳，坐船至吴淞码头，转乘公交车进市区。花了一个礼拜，给上海亲友逐家递送喜帖。又在绿杨村大酒店，预订了十二桌。曹亚平也做忙碌准备状。梁惠珍一到，室友嚷嚷“新娘子来啦”，跑个精当光。

少时，传闻有“拷浜”政策，单身知青将统一回沪。有人说漏了嘴。曹亚平捽了那人领头，拎得他双脚离地。那人道：“我也是瞎传八传，不晓得真假。”曹亚平狂奔而出，翌日天亮才归。鞋袜都跑丢了，沾了满腿沙板土，颊颐明显凹瘦下去。

晌午，梁惠珍来，商议定做西装。见他木着个脸，便说：“你是吃过墨水的上海高中生，跟我结婚亏了是吧，今天把话讲清楚。”曹亚平讶然抬眼，铆牢她的小圆面孔，一字一顿道：“我不想结婚了。”

梁惠珍啊呀下跪，抱牢他的腿，结结巴巴道歉。她哭，他也落泪，却不松口。入暮，梁家父母同来。父亲道：“请你讲讲真实想法。”母亲推开老伴，戳着曹亚平的额头，骂他政治落后，作风腐败。言辞越难听，曹亚平越释然，“不离也行。婚礼我不来，你们更加没面子。”

僵至第五日，女方让了步。曹亚平斗劲一懈，反觉空落落的。前丈母娘逢人控诉，“陈世美”害女儿自杀两趟。还反复申明，两人并未同居。室友不理睬曹亚平。女同志当面啐他。他撑了一口气，发誓返城之后，不与任何

前丈母娘逢人控诉，“陈世美”害女儿自杀两趟。还反复申明，两人并未同居

人来往。

月余，“拷浜”文件下达了。知青骚乱起来。撕褥子，砸热水瓶，扔搪瓷面盆。拥抱、哭泣、互留传呼电话。唯曹亚平躲进蚊帐，数日不出。他是离婚人员，不在政策里头。有人挨到他床前，掐了嗓门道：“早晓得这样，不如乖乖做个新郎官。”满室哗笑。

大部队走后，曹亚平被调至场部棉纺织厂，当辅助工。拉纱、摆纱管、上棉卷、推粗纱车。工余，搬只机子坐到路边，面朝南门码头方向。他发际线逐年潮退了，眼皮耷拉成三角。松细的胳膊腿，衬得关节凸大。整个人支支棱棱。

同事们暗呼他“老疯子”“老花痴”“老哑巴”。也有说，“他不哑，有次撞见他哼《柏林情话》呢，还蛮好听。”旁问：“《柏林情话》是啥？”答：“老里八早的民主德国电影。那个辰光还叫民主德国。你们小年轻的，不懂，不讲也罢。”

写于2015年9月11日星期五

改于2018年1月2日星期二

谭惠英

谭惠英是独养女儿，有过阿哥、阿姐、两个妹妹，先后夭亡了。奉贤泰日乡的男女暗地嘁测，说谭家沾了死人气，根脉弱。谭家世代是“望坟山”的。轮到谭根才时，东家到城里做生意，从祠堂边匀了几亩田，租与他种。谭根才卖完谷子，交掉租金，攒下七十六个洋钿，在坟山脚下承佃了八分地。

谭惠英随了父亲，干起农活来。满十三岁时，家里给她“做寿头”。父亲杀煮一只野狗，母亲下两锅山芋面，分与村邻吃。人客散尽后，谭根才提来一桶滚水，闭门上闩。谭张氏摁了女儿坐下，说：“今朝开始，你是大人了。隔壁三囡小你半岁，早就找好婆家。你这样大着个脚，是嫁不掉的。”谭惠英弹跳而起，径直往外窜。父亲捉她回来，绑在椅背上。母亲抓牢她的双脚，在水里烫得熟软，捞起一只，揩干，置于膝头，往趾缝里撒些明矾粉，拢着二趾、三趾、次小趾、末趾，往脚底心掰折。谭惠英又蹬又扭，连人带椅翻在地上，嘎哑道：“我也变小脚了，啥人相帮种地。”父亲在旁道：“慢着。”母亲手上一松。谭惠英又道：“家里刚刚多租了十亩地，索性全部我来种，种一辈子。”

谭惠英十九岁上，长得肩阔臀肥，腋窝肉一漕一漕。两只大扁脚横兜里一叉，整个人稳稳桩在田地上。某日，谭根才从邻村带来个男孩，找媒人相面测八字。谭惠英睃了一眼，见与自己年龄相若，脖颈细伶伶吊在领口上，支起一颗小圆脑袋，跟黄豆芽似的。谭惠英扑哧发笑，那厢里耳郭一抖，细脖颈瞬即转红。

男孩入了赘，改姓换名为谭建平。成亲那日，他穿长衫，戴草帽，由媒人作陪，走过三里地，进得谭家来。谭家摆了十桌酒，吃喝到后夜。岳父母各给一块洋钿。他烫手似的捏住，“爹爹，姆妈，这真叫我难为情。”推让着，收下了。

婚后，谭惠英每日赶丈夫早起，铡牛草，畚牛粪。待到对过山脉轮廓影绰绰扎出夜色，便催促他下地。谭建平忙到日头西昃，淌着两脚泥回家，扒拉几口稀饭，即又出门捉鱼。一次落了水，发起烧来。谭惠英詈骂他，见他落泪，便道："哭个头，跟女人似的。"谭建平默然一晌，说："你家做的好生意，两块洋钿买个长工。""嘁，一块洋钿值三百铜板呢，你家里里外外，把屋头顶的麻雀屎算上，都没几个铜板。空着两只手，白白里讨了老婆，倒还委屈了。"

逾二年，谭惠英有孕，恰逢东洋人打来，乡人跑掉大半。堆满桌凳橱篋的板车，在村头纵七横八，交轧作堆。谭惠英说："出门一里，不如家里。到外头也是饿死，索性待着，看鬼子拿我们怎样。"一天，谭建平忽从地里跑回家，拎了根柳条鞭，浑身觳觫不已。谭惠英再三诘问，才知他妈出事了，前日在灶上烧黄豆，香气勾来了东洋兵，她不舍得给，被一枪掷死。谭惠英想了想，说："你妈也忒小气，命要紧还是黄豆要紧。"谭建平眦着眼，满眶的眼白，似要把黑眼乌珠推挤出来。

谭惠英临盆时，找不到接生婆。谭张氏拿了杀鱼剪刀，断开脐带，抹两把草木灰止血。旬余，婴儿肚脐出黄脓，隐有恶臭，继而双腿发紫，高烧而死。谭张氏给婴儿穿了小衣服，装在水桶里，欲出去埋掉。谭惠英拦下她，“小猢狲刚投胎就走，害我白辛苦，做啥还要浪费布头。”剥了小衣服，收好。母亲道：“你心肠忒硬了，比男人家的还硬。”

此后三年，谭惠英一年生一个，皆因脐带感染夭亡。生到第五个，谭张氏学了乖，敲掉一只新碗，拿碎片利口割脐带，这才保下孩子。谭惠英给他起名谭新官。新官三岁上，阿大阿奶[1]都走了。先是阿大，肺病不治。谭惠英用十几斗米，换了一口松木棺椁。尚在头七里，水牛突然发疯，冲过田畛，阿奶脚小跑不动，吃牛角一记顶，殒了性命。

请和尚做过道场，落下葬来，已是十月廿八，稻子不及收割。谭建平贱卖了二十只鸡，囤得一冬口粮。谭惠英朝他发火，“都怪你，管不住牛，害我没了妈，又折了

① 阿大阿奶，奉贤话里对爷爷奶奶的称呼。

鸡。”谭建平道：“耿牛发脾气，啥人拉得牢，你巴不得戳死的是我，对吧。”“窝囊废，你哪能不去死，到地底找你的小气鬼亲娘去。”

谭建平一掌掴去，谭惠英反抓他头发。两厢扭打，谭建平将妻子压在身下，拿胳膊肘碾压她的脸，“你个老屄，一直让着你，你倒以为我好吃吃。”见她不动弹了，便直了腰，抓了棉袄，奔出门去。

谭惠英晃散着头发，杵在门槛前，骂了一时辰。眼见鸦青色的天盖子，往坟山头罩下来。山顶十余尺高的柏树，遥若一排老人牙齿，将摇不摇的，掩着方格子似的祠堂。祠堂供有一排排金字雕龙红木牌位。谭惠英记得年幼时，曾被父母独留在那里厢。夜风挑弄树枝的唰唰声，令她几欲昏倒。她退回屋，上了闩，抱起儿子道：“你爸不会回来了。”谭新官被她双臂箍得气闷，刚想哭一哭，见母亲已经在哭，便惊得眼泪鼻涕全都缩回去。

月余，谭建平归得家来。他瘦出一额皱纹，头发拖到颈窝上，黏成一簇簇。袄子里的棉花，这处那处扎出来，尽皆发了黑。谭惠英啊呀一声，嘴唇抖抖道：“讨饭瓜子，死回来啦。”把炭炉拎进屋，淘米上锅。谭建平佝在

谭惠英把扁担在地上戳得笃笃响，“我暂时不打你，你给我好好困一觉，明朝起来做生活”

一边，缩手缩脚，觑着她的脸色。谭惠英道：“看啥看，我要吃掉你吗。”把饭在碗里夯实了，嘭地摆在桌上，睨了眼，看他吃。少后，问：“饱了吗。”摸摸他肚皮，手掌一折，将墙角扁担钩过来。谭建平背脊骨一激灵，手指头抓不住饭碗了。谭惠英把扁担在地上戳得笃笃响，“我暂时不打你，你给我好好困一觉，明朝起来做生活。”

写于2016年7月14日星期四

杨敏安

那年季春，日头暖得早，弹格路的石缝提前绿了。梧桐叶芽覆了白绒毛，一撮撮招摇。杨敏安站在楼顶，挥舞晾衣叉，感觉仿佛过节一般。

“老鼠奸，麻雀坏，苍蝇蚊子像右派。”学校放了十天假，命每人上缴老鼠尾巴十条、麻雀脚爪十对、蝇蚊全尸各一百。九岁半的杨敏安，伙着双胞胎弟弟杨敏泰，拿药条粘光公厕里的苍蝇，又相帮母亲把水泥糊灌入老鼠洞。消灭蚊子的滴滴涕，要用嘴巴吹出烟雾，父亲嫌鄙危险，不让儿子们碰。给了两只锅盖，一根晾衣叉，让出去赶麻雀。

楼顶挤满了人。鞭炮、旗布、扫帚、毛巾、面盆、锣鼓。杨敏泰咣咣敲锅盖。杨敏安磨住个小青年，借一把气枪。学了枪手们的样，嘴唇嘬弄铅弹，双手摩拭枪管。上膛时，保险失效，压气杠杆骤然回位，将他左手食指弹得甲面崩裂。啊呀摔下楼去。

杨敏安多处骨折，腓神经受了损。愈后脚心不平，跟骨日夜疼痛。他不再与弟弟一道上学。每日早出晚归，就着天光昏昧，独自瘸瘸拐拐地走。他听不得“腿”字。继而“脚”“裤”“袜”皆成禁忌。豁到一耳，就赪红了脸，狠掐自己大腿。某次，杨敏泰见他行走吃力，想扶掖一把，被他用肘关节顶得趔趄。另一次，他见同学扎堆窃笑，疑心在嘲讽自己，便拿弹弓射他们。再一次，他将报纸扯得粉粉碎，趴在纸屑堆里哭。母亲再三诘问，他道：“新闻里讲，麻雀不算四害了。这不是出尔反尔嘛。”

及至十八岁，杨敏安比弟弟矮一截，肩膀塌斜，脖颈细长，托了一颗大脑袋，仿佛随时折断下来。停课闹革命后，他当了逍遥派。家中藏书翻熟了，又去撬学校图书馆大门。管理员怜他蹇跛，口头警告作罢。

杨敏泰道：“读书有啥用。听毛主席的话，闹革命去。”

杨敏安道：“不要听风就是雨。头脑简单，四肢发达。”

杨敏泰乜斜他的腿，不语。

杨敏安耳尖一颤，额角青筋蚓起，推搡道：“你多少有出息，还来可怜我。”

自此兄弟殊道。杨敏泰领了红袖章和盖过戳的学生证，到处搭乘免费公交车，宣传毛泽东思想。又全国搞串联。再报名去西双版纳。临行前跑去派出所，改名杨爱彪。继而从云南来信，宣称自己又改名了，叫杨卫东。

杨敏安愈发像只偎灶猫，整天价读书、昏睡、发怔。配了赛璐珞眼镜。看人也跟看书似的，胸脯微含，肩胛前倾，眼鼻皱缩起来。他用鞋盒养过一只麻雀。喂食小米粥和熟蛋黄。旬余，将它抠了眼睛，烧了羽毛，弃在畚箕里。还时常半夜起来，摸至父母床边，不动不响，看他们睡觉。母亲劝他吃朱砂安神丸。他说：“要么让我吃滴滴涕，早点翘辫子拉倒。”

逾数年，杨卫东顶替回城。杨敏安不肯同去接火车。向晚，过道喧哗。他从书页上匀出眼来，见二老拥着个面皮焦黄的乡下人进门。啊呀一声，“杨敏泰，你从垃圾堆钻出来的吗。”湿了眼睛，相顾握手。握得手背白一道，红一道。

半年后，杨敏安被安排至遵利金属制品厂，手工装配订书机。员工多为残疾人，也有家庭妇女。上了一阵班，忽闻高考恢复了。他心念大动，又恐落败见笑。偷偷买了书，想先温习几年。有同事凑近问：“一天到夜缩在角落里，看的啥物什。”他双手捂住，“关你屁事。”同事哼道：“算你吃过点墨水，还不是跟我一样，在街道工厂当个下等人。”他将书本朝同事脸上甩，一甩不中。拾起来反复掸擦，痛心不已。

杨敏安决意当年报考。请单位领导盖了章，瞬即人人皆知，“杨敏安想要跳龙门啦。”更或模仿他快走的样子，一扑一纵。他假作不知。毛笔写了“虎落平阳被犬欺”，夹在书页间。熬夜熬得恶心了，咬牙念将出来。

杨卫东帮他抢购数理化自学丛书，在新华书店门口通宵排队。临考前十余天，杨敏安开始失眠。母亲彻夜坐守，用冷毛巾给他敷额。考试当日，父亲租了机动三轮车相送。杨敏安捽住他道：“求求你别走，我不考了。”父

杨敏安决意当年报考。请单位领导盖了章，瞬即人人皆知，“杨敏安想要跳龙门啦”

亲给他买了汽水，擦好风油精，搀扶至门口。

杨敏安考了二百七十分，因残疾未被录取。他病过一场，给“亲爱的邓小平同志”写信。自述是为国家利益而残，希望国家给个机会，让他发光发热。落款为“身残志坚的忠诚战士小杨”。寄出信后，天天落掉魂灵头似的，往来于邮局和弄口传呼电话亭间。母亲说：“领导人忙，立时三刻回不了信，”又说，“除了考试，别的事体也重要。你弟媳妇都快生小囡了。”

杨敏安道：“猪猡活一辈子，就为了吃吃喝喝生小囡。我又不是猪猡。”抵不住母亲哀求，相过几趟亲。有趟相了个戆女人，对牢他笑不停。他戳着筷头道：“都给我介绍的啥人。要么是老寡妇，要么缺胳膊少腿的。现在倒好，塞只戆大给我。当我废品回收站吗。”满座震惊。傻姑娘豁了嘴，半笑不笑，倏然落下泪来。杨敏安动摇了。事后对母亲说：“再给我三年辰光，不来事就讨了她。”

两年后，英语列入高考科目。杨敏安只学过俄语。买了教材，跟了电台，从ABC补起。忽一日，将收音机掼在地上，拍桌道：“记忆力越来越差。”父亲道：“老早让你别学，学了也没用。你是残疾人，要认命。”即刻懊悔言重。拾起收音机，调到《业余英语广播讲座》，凑近了，吱吱开响。杨敏安推开道：“你讲得对，我再也不学了。”

母亲闻言，即刻捆起教材送人。隔日拎了苹果和麦乳精，上傻姑娘家定亲。请人打好五斗橱和夜壶箱，添置一台水仙牌洗衣机。领过证，也不摆喜酒，草草搬作一处。婚后，杨敏安不与妻子说话。时或枯坐桌前，双手朝前捧着，仿佛阅读一本看不见的书。

一日看新闻，说高考录取体检放宽了。他报纸一扔，赶到区教育部确认。半晌，梦游似的回了家，朝妻子撩手一掌，“都怪你，毁我前途。”反身去厂里，绕了厂门兜转，逮人便说：“我向邓小平上书，建议改革高考制度。他采纳了，也不早点回信告诉我，忒不够意思。”众人笑他脑子坏脱，又道：“反正讨了只戆女人。一疯对一戆，正正好。”

写于2015年10月26日星期一

改于2018年1月5日星期五

彭娇娇

彭娇娇起念留学，是在大三下学期。母亲张爱娣与崇明知青聚会，回来道："赵黑皮的儿子，要去美国当洋秀才了。小辰光木噱噱的，大了比娇娇有出息。"父亲彭健强说："娇娇也会有出息。""嘁，大专生一个，卖相又不灵，这辈子看死她。"

彭娇娇不语。逾数日，宣布说："我要到新西兰念书。那里教育好，治安好，汇率好，学费便宜，签证容易，不考雅思，不歧视中国人，保不准还能移民呢。"一气念完，将印了蓝天碧海的宣传单片，甩在父母面前。

张爱娣乜斜了眼道："不要听风就是雨，中介想赚你

彭娇娇起念留学，是在大三下学期

钞票，一泡屎都讲得花好稻好。”

“现在中国文凭不值铜钿了，大学生多得潽出来。我面试这么久，实习都找不到，出国是唯一的翻身机会。有能力不帮，对得起我吗。”

彭健强道：“帮，帮。”

张爱娣推他一记，“我们刚买断工龄，手头捂了点钞票，她就挖空心思算计。”

彭健强道：“娇娇当年高考时拉肚子，没发挥好，你也有责任的，”拿出一元硬币，“问问老天爷吧，正面留学，反面不留。”双指一拨，硬币旋成银色球体，渐而减速，耗尽惯力而倒。彭娇娇拍手道：“正面正面。”

张爱娣绷了脸，走去电话赵黑皮。赵黑皮说：“你女儿比你有见识，出去镀层金回来，不要太长面子哦。你这当娘的，等了享福吧。”张爱娣笑了，“哪有这么好。”

彭娇娇拖着父母，走访数间中介，拿回一堆资料。张爱娣半夜起来，嗒嗒按弄计算器。“爱娣，做啥？”“我困不着。单位不要我们了，国家不管我们了，一点防身的养老铜钿，还要散出去。”“妈，你就当是做投资，等我回国，翻倍赚钱还你。”

张爱娣渐渐定心，逢人便道：“新西兰是发达国家，文凭全球公认的。”忙乱停当，到了日子。全家起早，叫一辆出租车。三十二寸的牛津布拉杆箱，支棱着后备厢盖。彭健强和司机左推右塞。张爱娣击拍厢盖道：“一个女小囡，跑那么远做啥，也没个人照应。”

一路塞到浦东机场。三人浃了热汗，办完值机托运。彭娇娇冲进入关口。张爱娣喊道：“登机牌没丢吧。”“没。”“护照呢。”“没。”“都给我看看。”“啊呀烦死了。”彭娇娇掏出来，转身一扬，见父母肩靠了肩，倾在铁栏杆上。父亲的涤纶衬衫领尖，一个外翻，一个内缩。母亲忘摘袖套，头发跟刨花似的，灰灰白白堆了一脑袋。她心软了，近前捏捏母亲的手，“对不起，再见。”张爱娣回捏她，“啰里八唆，别搞迟到了，飞机票万把块钱呢。”

彭健强买了二手电脑，学会拨号上网，每日拨个十几回。张爱娣问：“娇娇来信了吗。”“没。”她凑到屏幕前，一睃，嚷道：“明明来信了，做啥骗我。”

彭娇娇的邮件，寥寥一二百字，抱怨新西兰像个大农村，“到处是矮房子，商店少得要命，卖的东西又贵，下午四点统统关门。天一黑路上就没人了。待在宿舍也没劲，电视机只有四五个频道。”

张爱娣读罢，老花眼镜一掼，“我说别留学的，没人听我。白眼狼，败家精，捧不起的刘阿斗，只会白白里烧钞票。”骂过一晌，逼了彭健强回信：“娇娇，你妈说，留学不是请客吃饭，还望你勤奋学习，艰苦朴素，回来赚大钱。很想你，爸。”

彭娇娇不再抱怨，邮件也少了，个把月一封，写得仿佛学业报告书，“新西兰功课多，别再打国际长途了，有事上网写信。”她出了语言学校，入读怀卡多大学，专攻旅游管理。

一次春节回家，说及新西兰汇率大涨，学费也涨。张爱娣扔了筷子，拍腿跌足，“不停给你寄钱，还哭穷。有本事自己赚啊，外国不是遍地黄金吗。”彭娇娇也扔了筷子，拽上羽绒服出门。彭健强追赶不及，满地捡了筷子，赧红脸道：“不回来呢，你拼命想她，回来呢，又吵相骂，”揩掉筷尖灰尘，揿着老伴肩膀道，“好了好了，别落眼泪水了。”

彭娇娇提前回校，自此假期再不探亲。彭健强去信道："你妈脾气躁，自己也后悔。她年纪大了，有高血压，还痛风，你原谅她吧。"彭娇娇只说："我对她没意见，忙打工呢，毕业就回来。"

逾两年，学成。彭健强夫妇到机场，等了一上午，遥见一褐发姑娘，腮肉一抖抖地过来，"爸，妈。"张爱娣略发怔，探手掐她一把，"吃发酵粉了吗，胖得眼睛都寻不着。"彭娇娇甩开她的手。两厢无话，彭健强接过行李箱，走起来。

他们下馆子庆祝。彭娇娇面前堆了菜，却不动筷，"在减肥，不想吃。"张爱娣面色渐晦，"都是为你点的，一盘肉十八块钱，你当人民币是橘子皮吗。现在形势变了，海归不好混了，你有本事发大财呀。去个垃圾国家留学，剥削掉我们二十五万三千六百多块钱。我背也缩了，爬楼梯喘气，还要出去做老妈子，帮你还债。"彭健强道："赵黑皮的儿子不是进外企了吗，工资万把块呢。""人家读的美国名校，学的计算机。她呢，旅游管理算个屁专业，出来当导游吗。""娇娇在外头吃了好几年苦，不容易的，至少英语学好了。来，娇娇，讲个英语给你妈听。讲啊，哈啰，耗欧达油。"

彭娇娇道："我写过借据的，本金利息都还你们，不会赖掉。"张爱娣眼乌珠往斜兜里一睨，正欲说回去，彭健强道："咦，那桌有个外国人，娇娇过去讲两句。"彭娇娇哼道："你当是猢狲出把戏啊。"彭健强道："你面皮忒薄了，以后到社会上，最要紧的是做人活络。"挥挥筷子，朝外国人嘿一声。彭娇娇砰然站起，膝盖窝将椅子朝后顶开。走出几步，回来抓双肩包。包带子钩着椅背，连抓两下不得。她甩手哭了起来。

写于2016年12月23日星期五

# 姜维民

姜维民初见罗春萍，是在阶级教育展览会上。女生多穿的确良白衬衫，乔其纱碎花半截裙。唯独罗春萍，一袭改良江青服。娃娃领犹如花萼衬花苞，衬着她的脸。满头颈蜂花檀香皂气味。

三年后，姜维民中学毕业，考大学未成。逢纺织局招工，分配到蜜蜂绒线厂。罗春萍念完卫校，进区传染病医院化验室。有人告知她母亲，“看到你家萍萍，坐在男人脚踏车后头。”孙瑞珍研诘一番，禁止交往，“姓姜的没有文凭。以你的卖相，起码寻个大学生。”

罗春萍谎称报名读夜校。每周三、五晚，跑去外滩情人墙。姜维民在那里占位，与她就着黄浦江的水臭厮磨。有次到得晚了，墙边人头麻麻，插不进足。便辗转至甜爱路，勾着“小三角”散步。俄有电筒乱掷，怪笑四起，“又抓牢一对。”臂缠红袖章的联防队员打起围来，搜摸讯鞫。罗春萍哭了，咬定是自愿恋爱。写过检查，通知单位。

孙瑞珍又骂又劝，押送她上下班。姜维民天天到她家楼前“站岗”。孙瑞珍招来一屋子亲友，将女儿绑在椅子上，逼她告姜维民耍流氓。罗春萍说：“外头在严打，你想让他枪口上撞死是吧。孙瑞珍，你忒狠心。老早子你跟我爸划清界限，现在我跟你划清界限。”双足乱蹬，哑声嗷啕。孙瑞珍流泪道：“罢罢，我不认得你，你滚去那只文盲家吧。”

姜维民骑了“老坦克”，来接罗春萍。遥见她站在街口。幸子衫，格纹裙。新烫了头发，刘海吹成“招手停”，满额发胶闪闪。他鼻头酸热，想说什么，说不出。拍拍她脑袋，把刘海拍瘪了。她噘着嘴，跳上车。车把扭几扭，驶了起来。倏觉有人跟随。那人往电线木头后躲。信号灯翻绿了。灰的人形，灰的电线木头，在灰色路面上退远。

姜维民问："坐稳了吗？"

罗春萍答："孙瑞珍跟踪我们。"

车过桥顶，加速下滑。姜维民衬衫后襟被风鼓满，猎猎颤动，仿佛一张白帆。罗春萍帮他掖好，手臂箍牢他腰。再回头时，母亲的小点身影，已然看不见。

姜家六口，居二十平米。腾了个角落，拉一道布帘，给二儿子做新房。姜母与街坊嘁测，说罗春萍生不出小囡，还有面孔当皇后娘娘。买小菜、拖地板、倒马桶，全是姜维民来。甚至相帮洗月经带。罗春萍听了，向丈夫哭诉。姜维民跟母亲吵，跟大哥吵。搪瓷面盆、钢种镬子，掼得咣咣响。

第六年，姜家小阿弟买了商品房，接走父母亲。姜维民辞职，跟了阿弟到凤城路地板市场摆摊。未几，罗春萍有孕。休完产假，岗位变成日夜翻班。她要求换回常日班，领导不允，反将她从验血处调去验大便。她跟院长拍桌子，"我男人做大老板了，我稀罕你几只清水咣当的铜钿。"也辞了职。

姜维民给女儿取名爱晶，意为"爱情结晶"。爱晶九岁上，凤城路市场搬迁。姜维民撤了摊，欲赴日本打工。

罗春萍弗肯，继而又同意，“这些年数忙得像只赤佬，没赚到多少钞票，铁饭碗也敲掉了。出去闯闯也好。”

姜维民借凑六万块钱，办理了商务签证。同行者约在人民广场会合。他车过半途，发现忘带护照。咬牙叫了辆出租，回家取了，掉头直奔虹桥机场。罗春萍一路看手表、催司机、骂丈夫。六万块洋钿要打水漂了。一家门吃西北风了。自己狗眼乌珠瞎掉，为了个窝囊废，亲生姆妈都不要了。姜维民缄默。及至登机入座，懊悔没和妻子话别。

亭午，飞抵大阪关西机场。姜维民一行冒充公司团队。出关时被疑造假。身后三人被拦截。姜维民逃进厕所，反锁隔间，坐在马桶盖上。听得中文广播反复唤他名字。他双脚并拢，沿了地砖缝往来蹭碰。想象脚上的缚带皮鞋，一只是罗春萍，一只是自己。

两小时后出来，同伴皆已不在，行李不知去往何处。他怕被人发现，翻起滑雪衫帽子，捂了一背热汗，在机场里兜转。入暮，秋风紧起，天色骤黑。他往门外张望。门玻璃映出一张贼骨头似的脸。颊颐发油，眼窝凹陷，嘴唇皴出血来。忽听得普通话声喧聒。他高呼“中国人帮中国人”，奔进人堆，掣住导游不放。导游相帮他买了电话卡，打给上海签证公司，让他们安排再次接机。

接到住处，已是后夜。姜维民摸摸索索，吞了半只馊面包，灌了一肚自来水，和衣躺下。床上已有人，是另一个“黑户口”。咂着嘴，抻着腿，将后来者顶至床沿边。姜维民翻身不得，一侧耳朵汪在眼泪里。翌日，有人给他送来行李，“公司这边两讫了，以后得靠你自己。”

姜维民出去觅黑工，不得。见室友以赌百家乐为业，便也跟了试运气，输掉五万日元。旬余，听闻东京机会多，伙着俩黑户口同往。找到一份搬钢材的短工。做罢，又拆房子，造自动扶梯。最后跟定个福建人，在建筑工地上做。日薪一万三。每月攒三十万，寄回上海去。

姜维民清晨四时起。电饭煲里舀两碗饭。买最便宜的鸡皮和卷心菜，炒一炒，带了跑。中午放到太阳头里晒晒热。夜间八时回家，剩菜冷饭一拌，吃个精当光。

他学了日本青年的样，头发染黄，耳垂打眼。仍怕被警察识破，工余闭门不出。任由电视机整日开响。抽烟，发呆，写日记。无事可记，便写罗春萍名字。写得一页页的。扔了笔，以头撞墙，纵声哭号。

唯一的朋友，是个上海老阿姐。常来包馄饨，轧三

姜维民做梦似的，在浦东机场落地

胡，留下过夜。姜维民絮絮讲述罗春萍。老阿姐道："听你讲起来，春萍漂亮活络又娇气。这种女的最让人不省心。你把她丢在国内六年多，肯定要出事体。"姜维民扇她一掌，命她穿衣走人，旋又后悔了。

月余，姜维民见老阿姐不来，便擀了一袋馄饨皮，拎去看望她。出地铁口时，被个警察盯牢了看。他直起背脊骨，径自往前冲。一冲不过，被拦下盘问。继而关到入管局，月后遣返回国。

姜维民做梦似的，在浦东机场落地。空气黏凉。满地煤烟色梧桐叶，被踩得糟烂。出租司机问："先生是华侨吗？"姜维民不语。密匝匝的楼，补丁似的广告牌，油绿色高架隔音挡板，接次晃过车窗。一牛仔裤少女走在应急通道，也晃了过去。姜爱晶亦是这般大吧，谈朋友了没，母亲会得管头管脚吗。罗春萍竟有四十五岁了。失业介许多年，每天做点啥事体。胖了吗，变了吗。姜维民浑身一抽，不敢想。阖眼仰向了座椅背。

写于2015年10月1日星期四

改于2018年1月3日星期三

江秀凤

人人都说，江家三小姐酷肖宋庆龄。一帘垂丝刘海，鬓发绾低在后颈窝。她五岁练习毛笔字，及至上学，文章写得周正。十三岁上，由老师领着，出去抵制日货。江老爷恰路过，见女儿站在机子上，高喊“打倒日本人”。怒极，拖回家，“跟男同学混了一道，又叫又跳，像啥样子”，替她退了学。江秀凤垂手诺诺，偷哭一场。

江家初住镇江。地方军变，逃至苏北姜堰。江老爷垂亡，对江秀凤说：“八个子女里，我最对你不起。识字那么快，本该去苏州读女子中学的。你文化忒低，心肠又软，务必找户好人家，乱世里头撑牢你。”

江秀凤十八岁成亲。婆家开当铺。丈夫孙震东读过私塾，高中毕业后，在洋行上班。逾数年，时局不稳。他跑去泰州，与人合开电影院。钱财被骗殆尽，搬至岳母家住。

少时，日本兵打来。满街火药味，扎得人鼻孔黏燥。孙震东不顾内兄反对，携妻挈孥，逃到了沙港子。当地传言："孙震东是江纯甫的女婿。江纯甫在南通做过大官。家里的袁大头、孙小头，用大麻袋装，法币堆满十七八屋。"孙震东被绑票过三趟。江秀凤问大阿哥借赎金。一趟两趟，第三趟不肯借了。江秀凤拖了四儿二女，跪在绑匪家门口，嗷啕喊穷。绑匪不忍，放了孙震东出来。他胡子拉碴，浑身渥臊臭。朝妻子兜头一耳光，"你做的好事体，把我面子都落光了。"

他们回到姜堰，受四阿弟资助，开一爿烟纸店。从大店批了日用百货来卖。江秀凤坐店理账。做警察的远房表哥相帮罩护。孙震东想重振当铺，未成。他从自家店里拿酒，喝得醒醒然。时或詈骂江秀凤，说她和表哥走动过密。扯了她的前襟，抖筛子似的，甩来晃去。

江秀凤拜托二阿姐，"震东再没工作，就要毁了，"

又叮嘱，“千万别让他晓得，是我来找的你们。”就职于上海工务局的二姐夫，将连襟介绍到芜湖信托局。孙震东对妻子道：“我就说吧，只要是个人才，总有人求上门。你还想托关系呢，哼，忒小看我。”

此后一段太平日脚。孙震东颊颐滚圆起来。他爱把孩子拢在身边，来回数点，“我养了四只光榔头，三根小辫子。家子婆亦有功劳。”江秀凤匿笑。她鬓角蒙灰，眉毛也疏淡了，相貌比丈夫显老。

春杪，局势暧昧。信托局同事纷纷南逃，让孙震东同逃。弗肯，举家回上海，借住在五阿弟家。上海一夜翻了天。孙震东没有工作，被要求做登记。人民政府分配他去宣城，当个小银行职员。工资五十五块，补贴完父母，每月寄三十块回家。儿女渐长，家用不够花。江秀凤到街道当扫盲夜校老师。

年余，三反五反。孙震东吃人揭发，老早做过洋行，“相帮西洋鬼子压榨同胞”。五反队自安徽来，搜查“孙震东贪污的金首饰”。江秀凤上交了一把银勺子、一根红木文明棍、一只英国奶粉铁皮罐。给丈夫写信，嘱他服从国家，杳无回音。

七年后，孙震东回沪。乍一眼认不出了。发心尽秃，牙齿半落，踽踽有老态。“我是清白的，他们啥都没审出来，”又说，“是我自己辞职的，他们反复挽留我。”翌年，他脖颈水肿，胸腔里一扯扯地痛。查出了肺癌晚期。

冬至，后夜，月光冷黄，窗框摇动。孙震东呼吸如鸣笛。江秀凤抱紧他，感觉他浑身震颤。似有猛兽挣扎，要从轻瘦的骨骼里出来。江秀凤的耳朵，凑向他墨灰的嘴唇，听见他一字一噎说：“政府晓得冤枉我，赔了两百块洋钿。我怕人偷了跑，没有告诉你。”

孙震东落葬不久，扫盲夜校解散。江秀凤挖墙角，果真挖到一沓子人民币，裹在油纸里。油纸被老鼠啃残了，钞票张张霉湿，一触即烂。江秀凤抓了废钱，撒在亡夫遗像上，“孙震东，孙震东，我忍了你一辈子。”

江秀凤跑去街道，求一份工作，“我啥苦头都能吃。”从早立到晚，哼哼唧唧哭。旬余，副主任通知她报到。她穿了阴丹士林蓝布旗袍，蹬了大美华绣花软底鞋。新同事们嗤笑：“收个垃圾废品，还要穿旗袍。”江秀凤归得家来，拆却旧衣衫，缝制劳动装。她初次穿两截头衣裤，感觉仿佛赤身裸体。

废品站两人一组。一人称废品，一人付钞票。跟江秀凤同组的，是个大少爷，因政府动员劳动力，被迫出来工作。他当了众人面道："我堂堂大学生，竟跟个家庭妇女一样工资。"终日闲坐，捧一本《新名词辞典》。

江秀凤独自拉了板车出站，在徐家汇兜转。双目久曝淌泪，后颈起了红疹水疱。还磨出一脚板老茧，撕剥得坑洼见血，走一步，痛一晌。一日，上门收废品，遇着个故人。对方瞩视良久，忽道："三小姐，是你吧。"她赪红了脸，跑下楼去，缩立于墙边，放任自己哭个够。俄而摇摇小铃，起车前行。

江秀凤收了十年废品，光荣退休。住在大儿家。朝北小房间，一床、一椅、一马桶。她把孙震东遗像挂在床前，又裁开月历纸，写了兄弟姐妹名字，粘到墙壁上。他们都已不在。大哥殁于镇反；二姐五弟六妹亡于"文革"；四弟在五七干校病重不治；小弟远赴西双版纳，在原始森林里，被一棵大树砸死。

江秀凤不明白，自己明明最没本事，怎就一不当心活得最长。孙子孙女们，个个比她高了。她久患白内障的眼睛，望见万物模糊发黄，渐次褪色。她开始对空气说话。

她开始对空气说话

叙往事，发牢骚，叹生平。有时蓦然住嘴，环顾左右，似为身外存在真实事物而震惊。

忽一日，江秀凤头脑清透，水洗似的。甚至想起幼时，母亲教自己折锡箔。她对大儿道：“锡箔要买不掉粉的。元宝不必太大，但一定要折成实心。”大儿嗯哈敷衍，回头说：“老娘糊涂了，脑筋搭进搭出。”

江秀凤捻尽碗底米粒，躺上床，手脚并拢。她已九十七岁，知道日子将至，因而安心。她闭上眼睛，睡了过去。

写于2015年7月21日星期二

改于2017年12月30日星期六

张永福

张永福最早的记忆，是在五岁时。他抓了铁皮玩具飞机，立于梧桐树下。柏油马路被日头烤得黏软，咬黑了他的布帮胶底鞋。一个面皮焦黄的跑街老头横穿而过。肩上绕了一捆棕线，身后跟了个小伙子，沙着嗓子，边走边喊，“坏的棕绷修吧？坏的藤绷修吧？”两人的白背心，汗在皮肤上，显出湿答答的肉色。

父亲站在马路对过，朝张永福招手。跑街老头停住，整理散落的棕线。小伙子放下麻布工具袋，捻捻手指头，复又拎起。张永福的目光，随了他们走。待到转回来时，父亲已躺在一辆公交车底下。

直至成年，张永福都没搞清楚，事情是怎样发生的。母亲不提，他也不问。只记得空马路上，展眼堆起人来。有个大屁股女人挡住他。几撮小黄鱼尾巴，从她的菜篮头里翘出。篮底滴答淌水。

父亲张宝根生前是新华无线电厂党委书记。母亲吴丽妹是车间主任，三八红旗手。自由恋爱结的婚。吴丽妹两次流产，查出慢性肾炎，辗转治疗。在“苏州神医”手上讨了方子，吃过半年中药，有了孕。

张永福落地时，足有八斤重，是有名的“胖阿囡”。厂里的阿姨爷叔，掐他胳膊，咬他屁股。吴丽妹为他订一份牛奶，丈夫去世后，又从工友那里争一份。早一瓶，晚一瓶，跟灌水似的。

及至上学，张永福往细瘦里长。丢沙包时，是捡沙包的；打乒乓时，是捡球的；跳鞍马时，是俯身做“鞍马”的。他更爱窝在床上看小人书。《说岳全传》《木匠迎亲》《狼牙山五壮士》。佝了背，越捧越近，仿佛整张面孔要钻进图画里去。

吴丽妹打他。用筷子戳脸，拧起一丁点皮肉，转上几转。还将他拦腰折起，用量衣尺扇屁股。打过一顿，成绩稍有长进，旋又跌落回去。吴丽妹对了遗像诉苦，口气似在吵架，“我俩都是最要强的，怎就生了个不长进的讨债鬼，白白里浪费牛奶。”黑白照片上的张宝根，一袭深色涤卡中山装，领口勒紧脖根，嘴唇微开，仿佛透不过气，又像要挤出一句训斥。

张永福念到初一，学校停了课。隔壁沪生的三花猫死了。他将它夜半埋到隔壁弄堂，被人发现，关押起来，说弄死“猫”，是影射弄死“毛”。吴丽妹去做证，猫是吃坏肚皮，自己死的，她亲见它在煤饼上拉黄色稀便。沪生洗脱“恶毒攻击伟大领袖”罪名，获释回家。沪生老婆跑来，关紧房门，挨了吴丽妹的手，不敢哭出声。鼻头红红，五官拧起来。张永福看在眼里，夜间听得吴丽妹磨牙，便梦见父亲，站在上街沿，振臂高呼：“不许攻击伟大领袖。”他惊坐而起，噎了一口气，不知身在何处。

翌年，复课闹革命。张永福做“逍遥派”。同学们批斗、串联、贴大字报，他窝在家看书。张宝根留了整柜书，逐一标号，包上牛皮纸。归为经、史、马列经典、古代文学、现代文学、外国文学。吴丽妹将它们扎进樟木箱，垫在棕绷床架下。张永福趁她外出，抬起床架，从箱角里抽一本。

吴丽妹不常在家。她是“赤卫队”活跃分子。一日归来，流了满胳膊血，说是中了“工总司”的砖头。觑张永福一眼，“哭啥哭，革命就是流血流汗。”她在家休养，亦不得闲。与沪生老婆辩论，辩着辩着，两厢乱骂，竟至推搡。小个子吴丽妹，犹如弹皮球一般，弹在沪生老婆肥厚的胸腹间。“儿子，儿子。”张永福搓着手，随了两个女人转。吴丽妹掉头，抡了他一掌，“娘娘腔，缩头乌龟，死样怪气，一点不像男人。”沪生老婆笑了，“活该，自己肚皮不争气，生了只窝囊废。”张永福耳郭烫红，避远了，“你们不是一直很要好吗。”

翌年，张永福初中毕业，被分配至深井机械厂，做电焊工。三年学徒期满，工资从十八块涨到三十六块。再过三年，涨到三十九块。同时进厂的青年，都已涨至四十二块。生产科长说，小张人是好人，不会来事体。他给他介绍对象。

林娟是生产科长爱人的同事，从崇明农场回来不久。初次见面，他迟到了，遥看她在树荫里，与介绍人并排站。白色的确良衬衫，湖蓝乔其纱裙子，墨墨黑的圆头人造革皮鞋。两根细黄的麻花辫，跟宽面似的，挂在肩胛上。她反复咬嘴唇，好使它们显得红艳。风向一抖，阳光碎粼粼的，从树叶缝里洒向她。

林娟嫌张永福闷，还嫌他穷。介绍人说："你也二十九了，年龄不饶人。小张是个老实头，至少不会欺负你。给他机会，也是给自己机会。"

第二次单独约会，在人民公园。林娟步子大且快，像是一路拖着张永福走。她说起父母双亡，只剩个晚娘。返城后住在四阿哥家，四阿嫂成天价给她看面孔。忽道："你在想啥呢，老是不讲话，都是我在讲。"张永福面颊一抽，吱不得声。

第三次约会，去"大光明"看《少林小子》。暗场之后，分头进影院，摸到连号位置。她猫爪子样的手，搭在座椅把上，被荧幕照得发光。他眼角乜斜，不知电影在说什么。那手倏尔跳起，抓了抓额头。她扭过脸来，朝他一笑。

婚后第三年，有了个儿子。四人挤在十平米里。婆媳天天吵相骂，逼张永福站队。张永福这头劝劝，那头劝劝，说："算了算了，让我出家当和尚去。" 林娟把个搪瓷面盆砸得咣咣响，“快去呀，不中用的男人，一辈子害煞我。”吵过三年，吴丽妹得了肝癌，查出已是晚期。逝前咬牙道：“我是给那只雌老虎活活气死的。”

儿子张曦五年级时，张永福分到了房。一室半，在曲阳新村。他们封掉阳台，安上推移玻璃窗。张永福下班得闲，翻翻旧书，抬眼见儿子在阳台里伏案作业。头发茸茸地黏了汗，背脊如一拱小山丘。他蹑足走进阳台，“你写，你写，不用管我，”又道，“别太卖力了，出不出尖无所谓，平平安安才是福。”转而俯窥窗下。中年男女扎堆跳舞，林娟也在其间。她佩戴了全副家当——金耳圈、珍珠项链、碎钻戒指，和一只色泽浑暗的油青镯子。跳快三时，胸脯、腹部、小腿肚，齐齐抖动。她是他的妻子。张永福头脑里哗哗旋转，也似跳起舞来。

逾数年，张曦考取复旦中文系。林娟也下岗了，厂里送来奖状，“光荣退休”，裱在玻璃镜框里。她膝盖长骨刺，跳不动舞，便到小区花园搓麻将。搓过几年，听闻儿子被保送研究生了，哼道：“书蠹头，有屁用。你看你爸没事体捧本书，照样穷得淌淌滴。”

张永福去研究生宿舍楼探望。张曦趿了拖鞋出来，说

张永福鼓了腮，说不出滋味

学业重，没空回家。眼神乱飘，打开塑料袋，检视父亲买的葡萄、生梨、苹果。张永福说：“葡萄洗过了，分袋装的，抓紧先吃，”睃一眼张曦，“打扰你了吧。我随便看看，你忙你的。”欲待相帮拎水果，被连声拒绝。

张永福目视儿子独自上楼，又站远开去，盯住三楼窗户。盯一晌，反身去到本部校园，走走逛逛，人中不觉滋出了汗。买一只打折的圆面包，坐在毛泽东像底下吃。校门口，新鲜面孔穿梭，使他有时光恍错之感。他也年轻过，面对即将展开的人生，心觉惶恐。幸亏唰地一下，就过来了。张永福鼓了腮，说不出滋味。太阳淡成金白色，迟疑不决地吊在教学楼顶旁。他睐睐眼睛，咬掉最后一口面包。

写于2013年5月26日星期日

改于2017年10月28日星期六

戴秀蓉

戴秀蓉生于溽暑。蝉声挠人，梧桐叶沉沉不动。父亲戴明置了电风扇，对牢藤摇篮后头的墙壁，一日吹到夜。登门恭贺的亲友，围住电风扇不走。纷纷价夸赞小囡会投胎，寻了个八级钳工的阿爸。“普通人家哪有电风扇，华生牌，一百多块一只呢。”“买得起也用不起。电风扇嗡嗡叫开，电费剌剌叫翻。”

戴秀蓉愈长愈白，被唤作“白妹妹”。传言她学了宋美龄的派头，天天用牛奶泡浴。母亲张爱娣道：“瞎传八传。也就一两岁的辰光，用手帕浸了牛奶，浑身揩一揩。”戴秀蓉的面孔，像只馅料扎足的燕皮馄饨，薄皮底下青筋隐现。马尾辫梢用粗电线烫成波浪。甫一出梅，她就穿裙子。铜盆领柔姿纱衬衫，涤卡背带八裥裙，横搭扣中跟皮鞋。整个图门中学沸起来。老师也免不得议论，“天还没热呢，就穿裙子。”“家里有钞票，又是独养女儿。”“从小欢喜出风头，长大有的苦吃。”

戴秀蓉初中毕业，顶替母亲，进了印刷三厂。她爱笑，边笑边拍腿，腮帮一抖抖的。还爱唱歌，跟美声歌手似的，双手搭在胸前。爬至高音时，头颈抻直了，若有无形的线牵引。她唱《东方红》和《康定情歌》，还唱邓丽君。那是她家新买了“葵花牌”录音机，偷翻卡带学来的。小青工争相围绕她，“蓉蓉，我帮你泡开水，你给我唱首歌吧。”她的更衣箱内，总有他们送的饼干、糖果、盐汽水。

厂里搞联欢，戴秀蓉跳交谊舞。和范爱国跳得最多。电焊工范爱国，穿大翻领卫生衫，蓝白条海军服。脚上的“七六五皮鞋”，擦得锃锃亮。舞曲间隙，范爱国劝酒。戴秀蓉一嘴啤酒沫子。递烟，亦不拒。“大前门”夹在指根上，鼻孔哧哧喷烟，竟至咳嗽。范爱国帮她捋背，一下一下，不停手。

张爱娣嫌鄙范爱国，像只小阿飞，家境又差。为女儿另择对象。孙志平，在宝钢餐饮部上班，父亲是港务局离休干部。新房也现成的，延吉新村二室户。孙家打一套清水蜡克组合式家具，购齐冰箱、洗衣机、电视机、录像机，奉上九九金戒指项链。同事嘁测：“白妹妹嫁了有钞票人家。喜糖袋袋里，八粒都是‘大白兔’。”

翌年有了孙芊芊，只得五斤重。戴秀蓉觑一眼，推开，啜泣道：“哪能像只小老鼠。”她不肯喂奶，怕坏了身材。又嫌婴儿昼夜啼哭，将她掼给了张爱娣。孙志平抱怨妻子，一出月子，就搓通宵麻将。她道：“帮你生小囡，生脱半条命。光起火来，把小囡塞回肚皮里去。”她接连赢牌。清一色、大吊车、杠头开花。牌搭子们叹息，“老天爷最偏心，让你桩桩事体运道好。”

孙芊芊八岁时，爷爷高血压中风偏瘫。孙志平为要照顾，商调至就近的海虹宾馆。印刷三厂不景气。戴秀蓉申请“放班”，工资照拿。又去淮海路瑞兴百货立柜台，薪水七百块。商场老板约她吃“红房子”西餐，夸她像山口百惠。戴秀蓉当上领班，每月另拿提成。同事们背地嘁测，说她跟老板轧姘头，又说她一副老板娘腔调。

五一假期，戴秀蓉探望父母。张爱娣道：“你爸老清老早喊胃疼，捂了只热水袋，困到现在。”戴秀蓉搡搡女儿，“去喊外公。”孙芊芊至门口，戴明砰然坐起，“不行了，不行了。”扯着领口，大声喘气。救护车奔至医院。抬出担架，戴明不喘也不动。心内科医生木着脸道：“心肌梗死都这样，一下就没了。”

戴明生前手脚大，积蓄寡薄。戴秀蓉嘱咐孙志平，服侍好父亲，多争遗产，“你大阿哥在南京，二阿哥在四川。就你一个在身边，又是幺儿子，最得宠。”孙志平哼一声，“这话啥意思，望我阿爸也死掉吗？”

逾年，海虹宾馆效益不佳，被转了出去。孙志平下岗。又一年，瑞兴百货倒闭。两口子闲在家，靠孙老爹拨钱度日。孙志平吃饱老酒，日日吵相骂，还来掀麻将桌。戴秀蓉跑到娘家哭诉，“窝囊废，穷煞鬼，跟我狠三狠四。”张爱娣道：“你现在要靠他家了，勿要拎不清。”逐她回去。

一日，麻将搭子带来个表姐。表姐给戴秀蓉免费护肤化妆。捏了三角海绵，往来掸拭她的脸，“长这么标致，哪能不化妆。女人家要体贴自己。”戴秀蓉动了心，当晚向孙志平宣布："我要做玫琳凯，"又说，"销售冠军能去美国参加年会呢，穿晚礼服，走红地毯。"

戴秀蓉打电话、约面谈、上美容课。穿了仿麻职业套裙，踩了尖头PU皮鞋，背了一大包产品，满城挤公交。她听闻印刷三厂老同事杨翠芬，炒股发了财，便辗转联系，登门拜访。杨翠芬道："你是白妹妹嘛，根本不用粉底。"戴秀蓉道："那是老早的事体。我现在有黄斑，还耳鸣。医生讲是内分泌失调。全靠玫琳凯粉底遮挡。"她凑近了，指点鬓角黄斑。杨翠芬诺诺，一时无话，便道："范爱国，你记得吧，在七浦路卖衣裳，赚了大钞票。买了辆白色普桑，讨了个年轻老婆。你去寻他试试，他老婆肯定买你东西。"

戴秀蓉归家，已是九时。孙志平道："不是指望我爸遗产吗，哪能突然卖力起来。"戴秀蓉道："我不想靠牢你家，看你面色。"孙志平嘿嘿笑，往吊橱里找特加饭，见满是瓶瓶罐罐。戴秀蓉解释："快做到'红背心'了，还差五千块的业绩。索性一顿当买进，慢慢卖。"孙志平兜头一掌，"你根本不是过日脚的女人。"

戴秀蓉哼哼唧唧哭，跑去小房间，反锁了门。孙芊

戴秀蓉哼哼唧唧哭，跑去小房间，反锁了门

芊在玩俄罗斯方块，背脊骨一颤，将游戏机掩在作业本间。戴秀蓉坐至床沿，双手压到大腿下，又抽出来，正反地看，捋捋关节褶子，“做人都要吃苦头的，晚吃不如早吃。”

是夜，她与女儿挤一床。浮想良久，浅浅入睡。梦见和范爱国跳舞。宝蓝色三翻假领头，毛刺刺扎她脖子。《青年圆舞曲》陡至高潮，范爱国手臂一带，他们旋转起来。转啊转，一圈一圈，仿佛舞蹈永远不会停止。

写于2013年8月10日星期六

改于2017年11月14日星期二

曾雪梅

曾雪梅七岁时，喜欢趴在窗槛上，仰面数飞机。飞机跟小鸟似的，翅膀不动滑过去。时或起一记嘘声，仿佛有人吹口哨。地平线轰然颤动，团起一扎扎乌云。曾雪梅觉得像是过年放鞭炮，便拍手欢呼。母亲兜头一掌道："看啥西洋镜，东洋鬼子投炸弹呢，把闸北炸平了，还在南京路上开枪杀人。回头捉牢你这种不听话的小囡，扯成两爿，蘸蘸腐乳吃掉。"

是年，曾雪梅已开始念书。父亲说："女小囡学点文化，以后不被婆家欺负。"送她到私立小学，读至十三岁，又报名爱国女子中学。尚未入学，校舍被日本人炸坏。曾家弃了房产，逃到法租界，在寺庙院子里搭个滚地龙。

曾雪梅断续上了四年夜校。父亲道：“家里情况不好，你相帮分担点吧。”她便辍了学，由邻居引荐，到日本人厂里做工。厂子在川公路，叫福助洋行。曾雪梅定在门口，不肯进去。邻居反复诘问，她才憋红脸道：“日本人，会吃小囡吗。”

曾雪梅过了考试，因着识字多，被派做车间记录员。每月工资三十多，外加大米、菜油、黄豆各十斤。逾数月，养得颊颐圆润，头发也黑了回去。工头二本松是日本人，一对近心眼，腰背微微佝偻，走起路来，拖着两只扁脚。他的夫人千代子，也在车间工作。一次，邀了几个中国女工，去她家吃饭。曾雪梅走过南京路，浑身觳觫。谎称不舒服，让同事们先行，自己坐到上街沿，掏出用来送礼的苹果，边啃边想心事。食罢，核子一扔，反身往回走。

旬余，有个机修工来车间做工，嘴巴不清爽。曾雪梅道：“钟阿宝，我又不上车子，机器坏了关我啥事。你再说话不二不三，我就骂你八格牙鲁了。”钟阿宝不怒反笑，“曾雪梅，你觉得中国人好，还是日本人好。”曾雪梅睃一眼围观同事，道：“宁波猪猡，我才不上你老当。”钟阿宝跌足道：“大家都是中国人，又是同事，屋里厢也住得近，讲话做啥这么难听。等着，有你后悔的。”

曾雪梅回得家来，说与母亲。母亲道：“当然中国人好，有啥不敢讲的，随他告到东洋拿摩温那里去。”曾雪梅道：“我也不晓得。听说中国工头都打人的。二本松不打人，也不拖欠工资。日本大班来视察时，还给每人发十块洋钿奖金。”母亲嘴唇一抖抖道：“小恩小惠的，就把你收买了。不是鬼子杀人放火，你爸还在四马路小菜场卖甲鱼呢。我们家就不会穷，你就会一直念书，保不准念成个挺刮的女大学生了。”曾雪梅默然一晌，问：“那为啥让我去日本工厂做事。”“嘁，赚鬼子的钞票，也是爱国啊。”

旋而到月头，发了工资，曾雪梅背回大米和黄豆。母亲借了一座台秤过磅，忽道：“好像少脱了。”曾雪梅听得口齿有异，抬眼见她嘴巴歪斜，唇角拖下一径涎沫来。“妈，怎么了。”母亲想伸手去擦，感觉天花板一动，面孔已然贴倒在地。

一日工间休息，千代子问曾雪梅，是不是有心事。曾雪梅犹豫一下，说：“我妈跌了跤，半边身子僵掉了。找过郎中，不见好。现在她不肯吃饭，说要早点死掉，帮我们节省钞票。”千代子取了六十块钱，让她给母亲找西医，补营养。曾雪梅推却着，收下，回去说与家人。母亲回光返照似的，嗓门铿铿响道：“我是个强硬的人，不讨日本人便宜。”一口气接不上，眼乌珠翻了白。曾雪梅扑近去，见一滴浊黄的泪水，爬过母亲的太阳穴，在鬓边略作停滞，啪嗒滴落于枕上。

曾雪梅把钱还给千代子，自此避开她和二本松。母亲过世不久，大哥和一个电话公司女职员结婚，住上公司分配的大房子，把父亲也接了去。阿嫂给曾雪梅介绍了在南华酒家当厨师的老乡。谈了一年多，请亲友在扬子饭店吃一顿饭，算是把婚结了。

婚后，丈夫建议曾雪梅辞工。犹豫间，日本投降，福助洋行解散。曾雪梅归得家来，专心养胎。忽一日，老邻居捎来二本松的信。她才晓得，厂里的日本人，都被关到了提篮桥。她瞒着丈夫，买了六包稻香村鸭肫肝，找来几张连史纸，学千代子的做派，将点心盒子包起来，用绢带扎个蝴蝶结。

曾雪梅拎了鸭肫肝，去提篮桥探监。登记、盘问、等待。听到喊她名字，已是入暮时分。晃眼见一个灰发女人，穿着空阔的囚服，挪着碎步出来。曾雪梅啊呀一声，汪起半眶泪。千代子坐下，咬咬嘴唇，微笑道："我们快被遣送回日本了。以后没饭吃，到上海来讨饭，你会给点吃的吗。"曾雪梅奋力点头。千代子深鞠一躬，泪水甩在点心盒上，连史纸的颜色一摊摊深起来。是日临别，千代子送了一包童装，都是亲手缝制的。她本来以为，自己会在中国生孩子。曾雪梅怕丈夫见怪，留了一件电机纱短褂，其余送去典当铺。

三个月后，曾雪梅开始做母亲。将电机纱短褂给大儿穿，很快短小了，便收起来，转与二儿穿。怀第三胎时，解放军来了。派出所唤了她去，"日本人撤离前，把工厂机器运到吴淞口，扔进海里了。你晓不晓得这桩事体。"她说不晓得。派出所道："听说你跟日本人关系好，会得讲日本话，经常骂中国人八格牙鲁。"曾雪梅道："放他娘的狗臭屁，我顶顶恨东洋鬼子了，我妈就是给他们气死

曾雪梅怕丈夫见怪，留了一件电机纱短褂，其余送去典当铺

的。不信把钟阿宝叫来，当面问问。最讨厌男人家背地嚼舌头。”派出所道：“不是钟阿宝讲的，是人民群众普遍反映。”又盘问几句，才放她走。

曾雪梅把弄堂里玩耍的二儿揪回家，闭紧房门，剥了他身上的电机纱短褂，剪成一条条，混着废报纸烧掉。二儿号啕不已，被她甩了一巴掌，“哭你个魂灵头。日本鬼子良心忒坏，啥人稀罕他们的破烂衣裳。”二儿道：“你说千代子阿姨蛮好的。”“呸呸，什么千代子万代子，乱话三千。当心日本鬼子把你撕成两爿，蘸蘸腐乳吃掉。”二儿嗞了一声，不再说话。

写于2016年6月16日星期四

刘新中

刘大脚最大的心愿，是独养儿子刘新中能够穿上长衫，当个体面人。

刘大脚，苏北人。同来上海的老乡中，他是唯一立牢脚跟的。妻子进同兴纱厂，大女儿做保姆，二女儿当“缫丝阿姐”，三女儿打草鞋，四女儿提只竹篾篮头，出门捡拾木柴、煤渣、菜叶。

刘新中十岁上，进了人力车夫互助会学校。刘大脚拉车间歇，跑去张一张。老师误将他认作祖父，告状说：“你孙子不是读书的料。”刘大脚备起一把马桶豁筅，专揍刘新中，揍到竹条尽断，“罢，罢，小畜生，随便你饿煞。”

刘新中退学后，满地闲荡。荡到苏州河，伙了几个阿飞，候于盆汤弄桥边，拦截桥堍上的黄包车。捽了车杠，抵了车厢，拽了防雨篷，“大家帮老板一把，诶呦嘿——”将那车拥上桥面，团团围住，朝车夫乘客索要“辛苦铜钿”。

刘新中得了钱，去“江北大世界”玩耍。说书、车技、剑术、斗兽、驯猴、说唱、吞剑、气功、变戏法、独角戏、西洋镜、木偶戏、走钢丝、说因果、唱大鼓、现代话剧、畸人表演。逢到江北戏班在街角搭台，一听半半六十日。

逾数年，刘大脚托关系，递钞票，送他进工厂。他初扛面粉袋，啊呀一声，小便出来。旬余，改做清洁工，又罢手，“做生活就做生活，偏要逼牢我们穿红布衫，一眼就晓得是个扫垃圾的，多少没面子。”刘大脚钳了一撮热炭，作势捅他，被妻子拦住。

刘新中十九岁上，父亲深染关节炎，起不得身。屁股卧出大疮，膝馒头硬翘翘。喉咙里淤一口浓痰，咳得背脊骨抽筋。母亲把刘新中的手，捺入他手。他哽着舌头，似要交代什么。指节咔啦两声，整个人安静过去。

刘新中没了管束，愈发流里流气。歪戴一顶西式便帽，遮半只眼睛。学会在街头“拗分”，“老子是虹镇老街的，最近手头紧张，识相的话，借我点钞票用用。”又到有轨电车站台“抛顶宫”，摘抢靠窗乘客的帽子，隔手变卖出去。他开始想女人。时或去朱葆三路，花几角洋钿，寻一夜开心。

未几，西洋水手渐次离开，朱葆三路萧淡了。中国旅行社门口，早晚挤了人，为争抢火车票，互相踩踏，大打出手。北站的火车，十六铺码头的美国汽船。人头攘攘，腿脚麻麻。去宁波，去香港，去台湾。男女翻上爬下，行李抛来掷去。大的喊，小的哭。苏州河边的艒艒船，亦解开缆绳，落叶般纷纷荡荡，划向不可知的避风港。近郊的村民，则往上海逃。桌凳箱箧一股脑绑上板车。携了孩子，背了细软，四面滚滚而来。板车和板车，在街头纵七横八，交轧作堆。

刘新中见乱则喜。家中火仓也不开了，跑到马路上觅食。见有买卖鸡蛋糕、臭豆腐干、生煎馒头的，膀手抢来就咬。还跟了个大哥，做起“银牛”来。搁几枚袁大头、孙小头，丁零当啷抛弄，黏了路人问：“大头小头要吧？”

初夏，城头变色。刘新中吃不准形势，姑且夹牢尾巴。他答应母亲，来年讨一房老婆，做一桩正经生活。旋而入了冬，军机空投传单，通知居民疏散。刘新中听得警报响，挟起细软狂奔。母亲舍不得几只家养鸡，半途折回去，被轰然埋入灰烬堆。

刘新中遥遥落了一晌泪。想投奔阿姐，不晓得她们嫁到何处。徘徊间，被地痞抢去财物，打伤胳膊。夜风挟起刺来，搠击他的衣物缺口。他与难民们作一处，争抢油布报纸遮身，辗转呻吟至天明。喝污水，拾垃圾，满街翻铁皮桶。翻到一窝小老鼠，抓来就咬。唇齿间吱吱乱跳。他惊醒了，簌簌泣下。

越日，街头扫荡游民。刘新中被逮入教养所，找不着家属担保，自辩道：“我正准备寻生活，求求军官大老爷，给我几日辰光。”弗听，押他去苏北垦荒。他随了一队小偷乞丐，步行至江边，乘大船到扬州，换小船，改拖船。两日两夜抵达兴化。

上得岸来，见遍地滩涂芦苇，宛若荒坟一般。队伍散乱了，哭闹不绝。一个老头说要撒尿，走斜几步，踩中泥水坑，囫囵沉没下去。领队道：“这里叫天天不应，叫地地不灵。乱说乱动没有好下场。”

刘新中被编到垦区造房子。苏联专家住砖房，外墙葺一层芦苇，假作草房。房里配了抽水马桶和淋浴间。游民则住“滚地龙”。毛竹搭成人字支架，内铺稻秆棉絮。甚或更俭省的，四根木柱撑一袭苫篷，底下打个大通铺。刘新中与四五十人挤在通铺上。

挨过数月，游民暴动起来。刘新中趁乱出跑。几十里路，荒渺不知所终，被抓了回去。苏北行署增调两个营，把农场当牢监看管。刘新中挨过三两趟打，认了命。他种不来地，砌不好墙，被编入工程队，四处做做零碎生活。江北土地多盐碱，“碗中水，半苦咸”。很快无荒可垦。被派去修路、建桥、挖河道。

野风奔突，茅草易燃，农场屡次起大火。刘新中逃出命来。鼻毛烧焦了，嗓子良久出不得声，落下了哮喘。更兼雨水泛滥，时或卷起秽物沼气，往草棚内刷荡。及至天霁，一地残竹断木，嵌在烂污泥里。刘新中耷拉着脸，蹚着两条风湿腿，找寻被冲走的衣裳被头，嘴巴叽里咕噜，

"我是穿长衫的上海人，从小吃香喝辣，十根指拇头并拢来，哪能受得了这种苦。"旁人道："明明江北人，冒充上海人，假姿假眼嫌鄙老家。你梦里厢唱江北戏，唱得喉咙咣咣响，以为我们听不到。"他讪讪起来，"英雄不问出身，我在大上海扎了根的，上海话讲得最地道。"

刘新中每年落一两颗牙。剩落半嘴牙时，游民改造结束了。他跑去找领导，在水门汀地上铛铛磕头。领导道："不可能让你回上海的，农场从来只进不出，"又道，"好坏是只饭碗头。上海'三高青年'寻不着工作，也下到我们这里来。"

刘新中自此绝念，找女场员结了婚。他嫌妻子年长，还是个地包天。打她骂她，怪她耽误自己回城。翌年得一子，取名"沪生"。他命沪生讲沪语，口音稍有参差，便拿烟头摁烫。刘沪生长成，终究一口"上海农场话"。普通话、上海话、苏北话，糅杂错乱。刘新中听得惹气。好在耳朵不灵光了，逐渐听不见。讲话跟吵相骂似的，"走尽天边，好不过黄浦两边。"沪生贴耳吼道："上海人门槛最精，把你骗了还让你相帮数铜钿。"刘新中啊一声，笑了，"那是你自己不领世面。"

他硬拖了儿子，去四岔河“农场咖啡馆”领世面

他硬拖了儿子，去四岔河“农场咖啡馆”领世面。一座茅草房，矗在几弯柳树间。柳条缭乱，草秆翻缠。进得门内，见两张方木桌，桌底插几条板凳。抽出一条，坐了，“放音乐。” 老唱片嘎哑响起。沪生道：“啥歌呀，哼哼唧唧难听煞。”刘新中晃了脑袋，手指头叩点桌面。脑袋愈垂愈低，似在想事体，又像瞌睡过去。倏尔抬起下巴，眼乌珠一转，口齿漏风道：“上海滩，上海滩，我以前在上海滩，也是穿长衫的体面人哪。”

写于2015年7月10日星期五

改于2017年12月29日星期五

何秀花

人人都说何秀花面相福笃笃，天生是个享清福的。何秀花听了，总要嗤一声：“跟了杨嘉禾那鼻头洞朝天的老头子，能享啥的福。”说罢便笑。圆腮帮子往上一耸，下巴陷进层层叠叠的脖颈肉里。

何秀花生于宁波，自小长了一张宁波汤团脸。一个姐姐落地而亡，一个哥哥破伤风夭折。剩着个二哥，某日顾自贪玩，把一岁小妹扔在久安堂弄口的水门汀地上。何秀花中了暑，重病不死，自此受尽父母的宠。

四年后，父亲经由老乡介绍，跑到上海，在时代染织厂做“饭师傅”。又过三载，母亲携婆婆和一对儿女北

人人都说何秀花面相福答答，天生是个享清福的

上，也进染织厂，在织布间做挡车工。何秀花十二岁时，母亲复有身孕，她便顶替进厂，做起童工来。

在几十号人的厂里，何秀花是“小阿妹”。众人皆爱捏捏她手，掐掐她腿，把她的肉脸揉成团。她个头矮，上不了机，便在准备车间摇筒子。倏尔摇腻了，溜到对过弄堂，和小孩们轧三胡、孵太阳、跳长绳。工友找来，甚或老板找来：“小阿妹，快去做生活，否则钞票没得啦。”何秀花红着脸，假作不闻。

小厂没有拿摩温，单单雇了个老太婆，站在大门口，将出厂工人逐个从头捋到脚。她曾把何秀花偷藏在身的机头布搜出来。解放军进城后，抄身老太失了业。何秀花蓄上两兜石块，跑过三个路口，去砸她家玻璃窗。

继而成立工会，继而实行三班倒，拿固定工资，继而国家派来干部，把私人老板降作车间主任。运动一波波地来。何秀花懵懂懂的，让开会便开会，让喊口号，便喊口号。她年逾十八，仍是同事眼中的“小阿妹”。

厂里开“周末饭会”，请其他单位青年男女联谊。何秀花便与杨嘉禾结识。杨嘉禾时或打电话到厂里，约她跳舞、看电影、吃点心。何秀花嫌鄙他是公安局的，工资不如自己高。又捺不住贪玩，次次受邀。

一日约在大光明电影院。何秀花照了老规矩，搭搭架子，迟到半小时，见杨嘉禾不在，即刻眼底浮泪，扭头就走。第三天，杨嘉禾来电解释，“单位临时开会，谁都没办法走，”又道，“开的反胡风大会。不巧我夸奖过胡风的文章，他们说我是胡风爪牙。”

“那你是不是爪牙？”

“天地良心，你是晓得我的。”

“我不晓得你，我们才见几面。”

“开完会，我衬衫都没穿，套件马甲冲出来。他们怀疑我是通风报信，昨日审了一天。我说是怕女朋友等，把你名字告诉他们了。”

“呸呸呸，跟我有啥关系，啥人是你女朋友。”

俄顷，杨嘉禾单位来人调查。党支部书记说：“秀花是共青团支部委员，家庭成分也好。”谈罢送客，书记召来何秀花，“听说那个姓杨的，是小资产阶级家庭出身，正在接受管制审查。”何秀花骇然而泣，受了一通安慰。

逾数日，杨嘉禾又来电话，“我没任何问题的，调查清楚就出来了，请你相信我。要不让我们领导出面跟你解释。”何秀花道：“你个扫帚星，我不认得你。”烫手似的摔掉话筒。杨嘉禾一次次打电话，又跑到工厂门房间坐等。工友道：“小阿妹，男朋友来了，做啥不出去啊。”何秀花道：“你帮我去讲，我不在。”工友便去说：“秀花让我讲，她不在。”

月余，杨嘉禾被安排下乡劳动，弗肯，“女朋友被你们吓跑了，这问题不解决，我就不去。”单位派了个处长，找到何秀花，“小杨有点小资产阶级意识，不过还是好同志。下放在东葵泾河那里，不远，两年就回来。你多支持，最好先把婚结了，机关可以分间婚房。”何秀花愀然不语。

少后，工友问起，何秀花说：“杨嘉禾年龄太大。”众人纷纷道：“年龄大才靠得牢。那次他来厂里，谭阿姨张阿姨王阿姨都去看了，觉得人蛮老实。你不见他，他眼泪水要落下来，真是吃死爱死你。何况还有婚房。你说你屋里厢，老娘一把年纪了，当什么光荣妈妈，不停给你生阿弟阿妹。一张小眠床，挤得前胸贴后背，还让你相帮带小囡。索性结婚搬出来，清清静静。”何秀花想一想，笑了，“他两只鼻头洞朝天，怕是聚不了财。”

婚后不久，全国粮食紧张。何秀花被归为轻体力劳动者，每月分配二十八斤洋籼米。同事道：“小阿妹面孔圆了，长得像个干部，家里男人倒是精精瘦。”何秀花道：“他胃口不好，老说吃不下，只好我多吃。”

邻里也有议论，说老杨买汰烧，样样来，还给女人洗血短裤。何秀花听了，回家发起火来，“我例假不能碰冷水，难般让你洗一洗的，你得帮我讲清爽，”越说越气，嘟嘴跺脚，“又老又穷又反动的小资产阶级，跟了你算倒八辈子霉，没事被人讲闲话。”杨嘉禾诺诺，出去与人言：“我家秀花十二岁就进厂，不容易的，你们别再背地里讲她了。”邻里讶然，复又引为笑料。

何秀花生了个女儿，不肯再让丈夫碰，“要是不当心又有了怎办。国家现在鼓励少生，我看一个就够了。我妈生得一身病，整个人瘪塌塌的。”产后愈发脾气无常。高兴起来，抱紧女儿，心肝肉肉乱叫。不高兴了，听凭女儿哭哑过去。

一日，何母上门探望外孙女，见五斗橱上放了几块桂花条头糕，被西晒太阳烤得硬邦邦。何秀花说：“我怕小囡偷吃，放得高些。”

母亲默然一晌，道：“做人都要吃苦头的，晚吃不如早吃，免得一辈子不懂事体。”

“啥意思，我没吃过苦头吗，从小出来养家。”

“你吃的啥苦头。别人为了多拿工钿，上班抢生活做，你天天像去白相的。不是你爸跟在后头揩屁股，老板老早不要你。现在换了小杨帮你撑腰。小杨大你很多，肝脏也不好，哪能撑一辈子。”

何秀花双目鼓圆起来，似要嗔怒，骤然泄气道：“杨嘉禾，他敢。不许他比我早死。”

写于2016年10月13日星期四

李兆德

李兆德出生时，头顶有双旋。“双旋滚鸡蛋，长大做大官。”父母也曾偏爱他。及至长大，整日里淘气闯祸，渐不讨喜。父亲嗜酒，吃得肚皮里晃啷啷了，将李兆德脑袋踩践在地，往来揉捺。两个阿哥，一个阿弟，也时常伙起来揍他。唯大姐与他相善，嘱他好好读书。

母亲给有钞票人家做娘姨。小少爷吃下来的糖纸，偷捡回家。小学生李兆德，将糖纸舔了又舔。冲洗、晾干、分类，夹平在书里，带到学校去。卷糖、块糖、立体糖、鸟结糖、枕式糖、棒头糖、象形糖。三喜、冠生园、伟多利。花鸟鱼虫、脸谱肖像、田径体操。

李兆德最得意的，是30年代“老虎”牌五味水果糖纸。上头的泳装女人，臂膀肉蓬蓬的，遮一柄团扇。两只吊梢眼，往横兜里睃斜。他拿了这纸头，从同学手上换了铁皮垫板和铝制铅笔帽。老师来家告状，说李兆德传播资产阶级不良风气。母亲掇了搪瓷盆，将他脑勺敲得咣咣响，“脑筋忒活络，早点晚点弄出事体。打笨脱才好。”

李兆德初中毕业，进中华造船技校。半工半读三年，分配到第二钢铁厂。他寻人通路子，搞了件绿军装，四兜的。下身搭配黄包裤。一双高帮回力鞋，花掉八块洋钿工资，每天价用粉笔擦得煞煞白。还有一顶军帽，是路上抢的。帽身掐出尖角，撑托起帽檐，仿佛电影里的国民党大盖帽。李兆德浑身装束罢，模仿《列宁在十月》，拇指插进衣袋，虎口挂住袋沿。倏尔双手飞起。一手抓衣襟，一手往前激扬。吊起嗓门喊：“同志们——”引了女同志哄笑。

车间主任骂李兆德是流氓阿飞，不给他涨工资。李兆德跟人道：“我是困了他老婆，还是困了他老娘，他要用芝麻绿豆的权力轧死我。看他轧不轧得死我。”李兆德四下约人打牌，靠了出老千，赢得二十余枚毛泽东像章。又换取空白介绍信，大量套购像章，倒卖出去。他只收精品。紫铜的、镀金的、镀银的，大号的、特大号的，对套章，多彩章。还有镌了法国字的铝章，是公交车上偷来的。当时，他留意了一路，趁着刹车，往佩戴者身上靠。捏牢像章别针，一弹，一抽，攥在手掌心里。

李兆德不想搞成熟面孔。几个交易地方，轮流蹚一蹚。北站、曹家渡、河南路、南京路。他将像章别在衣兜内衬上。逢到工人造反队来冲击，便卷入兜内，扣起纽扣。缩了头颈，哼了《造反有理歌》，东张张，西望望，假作路人而撤。一次，公革会参与冲击，近百人包拢过来。李兆德迎头搭讪道："同志们，来得好。这些人无法无天，早该抓起来。"逆了人流，慢吞吞踱走开。

李兆德决意收手。钞票卷进搪瓷杯，压到杂物箱底。拍了一沓给母亲，"让老头子买点老酒吃吃。"唬得她面色缟白。父亲数了数，五百块。一手揣钱入兜，一手抄起机子，击他不中，骂道："小畜生，迟早弄出事体，到辰光我第一个跟你划清界限。"

李兆德稳当当挨过"文革"。又两年，结了婚。十月生子，头顶亦有双旋，甚爱。儿子四岁上，他偷厂里的电焊条，行政拘留十五天。逾数月，搞起了严打。他一事两罚，被判五年，送往提篮桥。母亲与大姐交相探望。问起妻儿，皆道：“蛮好的，蛮好的。”李兆德道：“那批电焊条，早就受潮发毛，过期作废了。我偏生拿一盒，吃人陷害。”大姐不置可否，母亲反复叨念：“听党的话，好好改造。”两年后，母亲不复来。大姐说：“她年纪大了，跑不动。”李兆德道：“你勿要哄我。”大姐憋红了脸，“真的一切都好。”

李兆德熬出狱后，发现父母早已病亡，妻子携儿住在娘家。找上门去，妻子说感情破裂，要离婚。她不让他看儿子，“宝宝早就认不得你。我跟他讲，你出国去了。”李兆德跟踪她。她“劳改犯，劳改犯”骂不迭，叫来一房间娘家人，又威吓，又劝慰，“你啥都没有，老婆小囡跟牢你，要吃苦头的。”李兆德道：“我肯定会赚大钞票。”众人皆笑。

李兆德问大姐借钱。到七浦路卖盒饭，赚够本金，转而批发服装。拿的夜市执照，向晚出摊，诘旦而归。又全国跑客户。年余，稍有起色，夜市关闭了。大姐说：“当初蛮好服从安排，让街道帮你寻工作。”李兆德说：“要我服从安排，不如让我回牢监。”

他再次借钱，办了个体饮食业执照。租一间房，自己刷涂料，埋电线，铺水管。开了饭店，取名“志气”。志气饭店生意疲淡。李兆德跑小菜场，专挑落市。骑车到南汇，用麻袋买菜。他拖欠菜农钱款。死鱼烂虾病猪肉，让炒菜师傅多放酱油。师傅道：“这样子弄，会有报应的。”被辞。大姐停薪留职，来相帮掌勺。

逾半年，收入颇能周转。时有邻居上门，说油烟大，声音吵，还说煤饼拖鞋被食客顺走。李兆德不肯赔钱，“自家落掉物什，赖在我头上。”他一张嘴巴抵三张，把邻居们骂将回去。继而，区工商局来人，说他登记了点心铺，开的却是餐馆。他奉上一百块钱，外加两条凤凰香烟，好话说尽。房东也凑乱，欲涨房租，说是房管所要求的：住房改店面，得按营业用房标准。

李兆德心下烦苦，更觉赚头不大。一日翻报纸，读到招股说明。即刻花了一千五百块，买入五十张认购证。大姐道：“三岁看到老。你这一辈子，就是好吃懒做，投机倒把。”抹了泪，甩了围兜而去。

数月后，李兆德给大姐打电话，遭姐夫詈骂，“深更半夜，想做赤佬啊。”李兆德嗓门咣咣响，“喂喂，讲啥呢，听不清爽。”邻人纷纷探头。大姐打开窗户，见他在

李兆德请兄弟们吃饭，给每家发红包。目光勾一勾，引来服务员，伸手问，“这是啥”

楼下，一手抓了大哥大，一手朝她招摇。半秃的脑袋，镶在皮夾克毛领里。

李兆德请兄弟们吃饭，给每家发红包。目光勾一勾，引来服务员，伸手问，“这是啥？”姑娘审顾良久，摇头。他捻了捻食指关节，笑道：“这是点钞票点出来的老茧。”捽住她手，摸几摸，塞上一张五十块。大哥扯起妻儿，冷着脸离席。李兆德道：“知识分子臭老九，穷得淌淌滴，不晓得清高啥，”环视桌面，道，“快点吃，这么贵的菜，你们以后吃不到的。”余人默默动起筷来。

李兆德给父母做道场。装裱了遗像，供上香炉、蜡烛、六盘清蒸鲍鱼。架起阴阳盆，烧爇人民币，一张一张，皆十元面值。一时烟熏火燎，灰飞屑扬。李兆德诉说童年受冷遇，成年遭歧视，手足疏离，亲儿陌路。“爸，妈，我屏了这些年数，终于争了一口气。”涕泗齐下，号得咳起来。遗像中的父亲神色漠然。母亲压低眉毛，挤出了大小眼，仿佛在思考什么。

写于2015年6月4日星期四

改于2017年12月6日星期三

蒋晓芸

蒋晓芸记得，普陀区少年宫后门有棵水杉树，树下两张雪花白石凳子。凳面硌得尾骨痛。春日老熟，空气甜腻。一只目光冷绿的狸花猫，于树影间盘桓。她嘬嘴轻呼："咪咪——"野猫卷了尾巴，弃她而去。

是年，蒋晓芸就读曹杨二中，高二，语文课代表。在《青年报》发过作文，被班主任荐为区三好候选人。她每周去少年宫，学习书法、摄影、电子琴。趁了课间休息，逃到水杉树下念书。校图书馆借的琼瑶岑凯伦，用月历纸包裹封面，写上"代数题集"或"英语课课练"。念至天色寡淡了，起身回家。

蒋晓芸住曹杨八村，父亲蒋建国分到的二室户。同事一拨一拨上门，带了水果、麦乳精、沧州小枣、苏州蜜饯……轧三胡，搓麻将。母亲杨丽妹趟趟赢钞票。她责令女儿讲礼貌。蒋晓芸绷了脸招呼："阿姨好，爷叔好。"

阿姨爷叔们捏她面颊，捋她衣服。"芸芸长高啦，越来越漂亮。""好厉害，考进市重点。""真是多才多艺。""小状元，你妈给我们读过你的文章啦。"

蒋晓芸借口作业多，反锁进隔壁房间。写字台朝北，正对天井。天井曾种植月季和一串红，还养过几只鸡。而后荒废了，泥土板结。细钢丝悬了胸罩、短裤、棉毛衫。被衣物滴湿的地方，几丛野草半黄。

她写日记和诗歌，还交了个笔友。郭长文，湖南临澧人，新华中学高三学生。他寄信给《青年报》编辑部。编辑转至曹杨二中。同学起哄："蒋晓芸谈朋友了。"

信件正反五页，誊在草稿纸上。字迹谨小，紧密挨连。郭长文说，他热爱世界名著，喜欢《巴黎圣母院》，"蒋晓芸同学的文笔，有一种忧伤气质。"

旬余，蒋晓芸回信。"雨果描写生动，但有点啰唆。"她嘱他别再寄至学校。

杨丽妹下班开信箱，从《新民晚报》和《每周广播电视报》之间，抽出郭长文的信，掼在书桌上。蒋晓芸解释，是老师安排的笔友，人人都有一个。

郭长文称“蒋晓芸同学”“蒋晓芸笔友”“晓芸友”，最后呼她“晓芸”。他赞美晓芸的诗歌，“你以后会成为作家的。”他寄来花草茎秆，说是自制的植物标本。还寄过一撮泥土，棉纸包了，夹在信里。“你见过红泥巴吗？我也第一次见，哥哥带我到山里玩。”他邀她去湖南爬山。山间多野菜，有一种马齿苋，是毛主席最爱。

蒋晓芸回信渐长。说上海学生重视英文，看不起语文。爸爸不关心她，妈妈拿她当炫耀工具。蒋建国当上劳资科长后，登门者无数。“他们假装喜欢我，因为我爸有利用价值。”

郭长文夸蒋晓芸幸运。外地教材比上海的难，高考也难。哥哥做小生意，被合伙人骗了钱。姐姐出嫁后，发现丈夫精神有问题。他几次相帮寻找出走的姐夫。爸妈指望出个大学生。他们拿铲子柄敲他，把简装《世界文学经典丛书》当废纸卖掉。

一日，杨丽妹开了抽屉，翻看所有信件。她揌住蒋晓芸脑袋，将头发剪成一簇簇。给新华中学写信，骂郭长文“道德败坏”。还找班主任，让相帮监督。班主任在课堂上读信。同学取笑蒋晓芸：“你见过红泥巴吗？”

期末，蒋晓芸数学不及格，英语七十来分。教导主任找蒋建国谈话。蒋建国将考卷钉在客厅进门处。杨丽妹停掉少年宫兴趣小组，每日检视书包抽屉。搜出言情小说，一本一本砸在女儿头上。

蒋晓芸高考失常，进了上海轻工业高等专科学校，读食品工艺专业。蒋建国说：“不想复读就算了，小姑娘学历不重要。”杨丽妹给她报名会计班和英文口语班。时或借口送水果，来校突击视察。

大二上学期，发现女儿恋爱了。“学装潢美术的？毕业当包工头吗？头发长得像流氓。”杨丽妹大闹男生宿舍。传达室阿姨都来看热闹。那男孩光了臂膀，欲待披件衣裳，被她一把褫去。

蒋晓芸倏尔发胖。杨丽妹带她看医生，说是暴食症，开了进口药。蒋晓芸把药倒在厕所里。她几乎不上课了。黄着个脸，走路拖沓步子，发梢碎零零戳在领口上。

临近毕业，蒋建国安排她去曹杨三村居委会。蒋晓芸说：“我想有份真正的事业。”她烫起头发，穿上高跟鞋，参加招聘会，给所有摊头投简历。排队、填表、等待。室友陆续找到工作搬走。夜半惊醒，宿舍遍地废纸，哗啦翻扬。对楼男生唱歌、哭泣、砸酒瓶。蒋晓芸向父亲屈服了。

杨丽妹问女儿：“哪能还不谈朋友？女人家老了不值铜钿。”她发动亲友，安排相亲，根据条件优劣，在活页本上排序。逼女儿注册“世纪佳缘”，头像用了高中毕业照。那是最美的蒋晓芸，短发圆脸，双目瞪紧，仿佛世界让她吃了一惊。

一日，小区居民因空调滴水起争执。蒋晓芸上门劝架，被误撞跌跤，摔断脚踝，躺了几个礼拜。时常彻夜无眠，盯视天花板。她提出吃蛋糕，杨丽妹答应买，转头即忘。蒋晓芸起床小便，在蒙灰的写字台面上，用指头写“30”。那是她过完生日的年龄。

愈后，蒋晓芸参加团市委组织的集体相亲，敲定一个。杨丽妹嫌鄙那人没房子。母女吵相骂。杨丽妹泣道：“我在你身上花了多少心血。现在翅膀硬了，敢还我嘴了。”蒋晓芸依了母亲，跟老邻居的同事的侄子见面。

蒋晓芸依了母亲，跟老邻居的同事的侄子见面

“小曾年纪大了点，不过你也不小了。国企工作稳定，曾家在澳洲有房产。”

曾祚翔下巴宽阔，面颊泛油。常在普蓝色仿呢料西装里，着一件殷红羊毛衫。寡言，嗜酒，下班孵进沙发，袜子甩向茶几。看看电视困过去。遥控器搁在肚皮上，一起一伏。

杨丽妹催促抱孙子，蒋晓芸推说复习迎考。杨丽妹说：“公务员多少难考。你不掂掂自己，从小不是读书的料。”

蒋晓芸洗罢碗，收好衣服，备妥翌日早饭。坐到餐桌旁，打开《申论高分预测试卷》。屋外野猫声如婴泣，一条狗狂暴地回应它们。曾祚翔在隔壁，鼻腔滚起细碎的鼾。她听得倦了，趴在桌上做梦。是高三那年反复做过的梦。梦里有座山，满坡红土，熠熠闪光。蒋晓芸朝了红土山奔跑。她尚未发胖，步态跳脱，短发在耳后甩摆，犹如一面旗帜。

写于2013年7月15日星期一

改于2017年11月15日星期三

宗建国

宗建国觉得，自己一辈子的命，在杨翠芬围观杀人那日，就已注定好。

春杪，满城出来看闹猛。从福州路警察总部，到闸北公园刑场。抵肘摩肩，密不可透。孕妇杨翠芬夹于其间，脑袋旋来转去。俄见敞篷卡车驶过。背缚亡命牌的死囚犯，怏怏垂落的青天白日旗，高耸而出的大标语。人群似一扎扎稻秆，霎时拂乱了，往各个方向挤。杨翠芬啊呀一声，腿间淌热起来。

早产儿宗建国，皮肤多皱，胎毛遍体，囟门豁得开开的。终日里昏睡，呼吸深一记，浅一记。杨翠芬喂他糖水，吐出来。再喂，再吐。渐渐能吃了，把乳头塞给他。逾数日，才学会噱咽。

宗建国闻了药味长大。杨翠芬用药臼子敲打他，“讨债鬼，老是生毛病。我前世里欠你的。”丈夫得白喉过世后，她心力不逮，将他提早送入金业小学。拆一件劳动布工作服，缝成书包。做一只抽口袋，装了砚台，拴在包带上。又把大儿宗沪平用过的写字石板，钉了麻绳，跟书包一道，挎在他肩上。

宗建国身形窄瘦，一路拖了书包、砚台、石板，丁零当啷，走走歇歇。他寡言，少动，与同学不谐。识字渐多后，翻着字典，念完《三国演义》和《说岳全传》。旋而跳了一级。六年级时，读《父与子》，问啥叫“虚无主义者”。宗沪平戳着他鼻子，笑出眼泪水。

宗建国考上格致中学。理科差，语文好，俄语最好。他减省中饭钱，购入俄文版《高尔基全集》。高二上，兴趣转至历史，淘了几百册旧书。用棉花蘸了氨水，擦净纸页霉斑。一册册列齐了。定期翻动、筛检、分类、吹风。杨翠芬道：“你想当秀才呀。”“我想做个世界闻名的大学者。”

倏尔风向有变。文化课锐减，政治学习频繁。念初三的妹妹宗继红，钻研《人民日报》社论，与宗沪平辩论。学校停课后，她啃毛选，背语录，搞串联，还训斥宗建国：“你觉悟忒低，忒不积极。”“你是早晨八九点钟的太阳，我是落山太阳，没的比。”宗建国撕了《毛主席诗词》的塑料红封套，包在闲杂书本上，窝在床角里读。

一日，杨翠芬支使宗建国去买菜。让沪平和继红帮忙，把书箱子拖到后弄堂焚爇。待得宗建国回家，书已烧去泰半。他跳着脚，抢出三五残本。眼看了灰屑哗啦啦扬撒，焰头渐舔渐灭。

旬余，班上有个同学跟工宣队辩论，挨了批斗。一念滞懑，从五楼跳下去。宗建国正往楼里走，猛见有物堕落，扑起一地灰。待到回过神来，那人已不会动。两根面条似的腿，一根压于背后，一根甩在脸旁。

宗建国偷哭一场。将剩余的书本撕碎，泡成纸浆，倒进马桶。自此闷头学习半导体收音机组装。他花了大半个月，装出矿石收音机。继而装了第二台，四管来复式的，安上扬声器，能接收苏联对华广播。

杨翠芬说：“建国身体不来事，脑子蛮灵光。凭了修修弄弄的本事，以后也能当上工人。”宗建国将电子元件一搿在地，“狗屁工人，狗屁工宣队。一群大老粗，也配整我们知识分子。姆妈，中央在搞骗局，朱元璋炮打庆功楼，你晓得吧。”杨翠芬簌簌摇头，胫股皆软。

年底，号召上山下乡。宗继红报名去西双版纳。宗建国被分配到崇明岛。年级代表率先去参观，回来讲与同学，崇明止得一片盐碱地，几排茅草房。宗建国听了吃不落饭，时或长夜惊醒，瞪视天花板。

待到离别日，他瘦了一轮，棉衣空落落进风。两手行李，至十六铺码头。码头上锣鼓阗喧，红旗漫天翻滚。高音喇叭反复播唱《共青团员之歌》，“我们再见吧，亲爱的妈妈，请你吻别你的儿子吧。”汽笛一响，知青们犹如篦中之蟹，纷纷价往舷沿抓扒。岸边也骚动了，往船上投掷鸡蛋、面包、糖块、水果。宗建国目光锚住杨翠芬，倏尔将她丢了。晨风湿重，江水动摇，码头远成一条线。他翻起蜡黄的手掌心，仿佛向业已结束的人生作别。

在东风农场，宗建国患了胃出血，四只“+”，贫血严重。队里派他做仓保员，继而岗哨执勤。他为大队长修理收音机。大队长让他代表农场，参加发电厂扩建工程。同来的知青，或有上调回城的。宗建国眼热了，执意回队，等待上调。迟迟入不得名单。发电厂老同事道：“书蠹头，拎不清，不晓得意思意思啊。”指肚捻动，做数点状。宗建国接了翎子，给连长和支部书记塞钞票。很快回城，当起工人来。

学徒工宗建国，时年二十八，头顶心秃了，满手硬邦邦的茧。肾结石严重，起初以为腰肌劳损，及至确诊，已延误成慢性肾功能衰竭。他是厂办大集体职工，生活重，钞票少，没有医保，也分不到房。年终发苹果，都没他的份。师傅匀了半兜给他，被他擦在地上，“我不是瘪三，我是人才。终有一天功成名就，还稀罕你几只苹果。”师傅道：“狗屁人才。高考了两趟，两趟数学不及格。我看你也就嘴巴老，会得掼浪头。”

翌年，经不得母亲催促，宗建国结了婚。女方也是大龄知青。八年扁担，挑得右肩高，左肩低。每逢阴雨，关节里浑似灌了醋。还有妇女病，例假时挖河泥挖的。两个老病号，半年离了婚，是女方提出的，“一天到夜发牢骚，弄得我要疯脱了。”

宗建国抱怨妻子不理解自己。抱怨社会不公。抱怨杨翠芬，当初忘了备热水瓶，害他在崇明喝水少，生了肾结石，影响高考。更抱怨她怀孕的辰光，在马路上乱看西洋

病痛挡不住宗建国发胖

镜，轧来轧去，把他轧成了早产儿，“就因为生得早，体质差，耽误我做大事体。”

病痛挡不住宗建国发胖。他夏日穿了白背心出门，腋下两泡赘肉，濟进濟出，叠叠荡漾。他学会了搓麻将，输钱就骂人，竟至掀桌子。还学会了喝酒。“长江”啤酒整瓶头夯下去，脖颈愈发梗起来，下作闲话乱喷。同事疏远他，“好坏也是读过书的人，哪能比我们大老粗还大老粗。”“他最恨人家讲他是读书人。”“当不了金子，就趴在地上，当一摊烂污泥。”“这叫横竖横，拆牛棚。”

一日，宗建国醉酒误事，车间主任要扣奖金。他买了一条硬壳中华烟、一网兜黄岩蜜橘，上门去拜访。主任住在福州路。宗建国途经外文旧书店，想起当年在此买过《高尔基全集》。踅回来，往里走。书店翻新过，密匝匝的书脊，晃了他的眼。他抽一本，用拇指刮翻，全是看不懂的英文，随手甩在展示台上。复又拎起网兜，检视橘子有无磕坏，掸掸衣衽，走了出去。

写于2015年6月1日星期一

改于2017年11月17日星期五

许志芳

儿子张援朝结婚后，王阿妹鲜少登门。最后一趟去，是孙子张奇十岁生日，儿媳许志芳再三邀约。王阿妹入暮方至，用拳头砸门。张奇闻声拎来拖鞋。他比奶奶高了，面廓也抽长起来。许志芳迎出门，“姆妈来啦。”王阿妹不换鞋，径直坐去床沿上，怄气似的东张西望。

张援朝给母亲倒水。王阿妹道：“这是女人家做的事体。”许志芳捧来桃酥。王阿妹道：“忒甜，腻牙齿。”许志芳展示张奇的美术作业，又打开五斗橱抽屉，“奇奇最乖巧了，衣裳叠得整整齐齐，不用大人教。”王阿妹乜斜了眼。许志芳讪讪起来。

挨到晚饭时分。王阿妹不动筷，余人便不动。王阿妹尝一口青菜炒肉丝，“本地人烧菜，像是盐钵斗翻脱，”搛一筷咸菜炒小毛鱼，“穷人家才天天吃咸菜。”许志芳说：“姆妈尝尝肉圆，放了地栗和荠菜。”王阿妹嚼几口，蹙起眉头，欲说一嘴，终于没说。

许志芳晓得，婆婆在外头抱怨：张援朝讨了个跷脚媳妇，生了个戆大儿子。许志芳觉得，张奇不聪明罢了。他在社区特殊教育学校。同学有耳朵不好的，有脑子不好的，多半脑子不好。张奇比起来，算是聪明的。还当了劳动委员。他擅长揩玻璃，湿毛巾一遍，干报纸一遍。还擅长剥毛豆，一掐一拧，豆子滴溜溜出来。

许志芳走路贴牢墙壁，短腿缓慢落地，长腿奋力拔起。有人等她，就挥手，“你们走，别管我。”想快，快不起来，憋红了脸。她是南汇人，老三届。当过红卫兵，写过大字报，批过语文老师。一日武斗，被同学用自来水管误击，跌落领操台。骨折愈合后，查出短缩畸形，未得治疗。她在机床模型厂待了整十年。参加高考，进了交大机械动力专业。

许志芳不擅理工，一学期瘦八斤，大把落头发，顶心

许志芳晓得，婆婆在外头抱怨：张援朝讨了个跷脚媳妇，生了个戆大儿子

隐有斑秃。班长张援朝辅导她。翌年结了婚。许志芳毕业后，进内燃机械厂。张援朝说，儿子智力出问题，皆因孕妇许志芳工作忒卖力，“当初我也是看中你勤奋认真。但凡事有度，生活不是打仗。”“讲话要有科学根据，保不准是你遗传不好呢。”

张奇九岁时，厂里福利分房，漏了许志芳。她跑到工会主席办公室静坐。别人问她，就落泪，“我把性命都卖给单位了，害得老公也不睬我。”或提醒：“工作忒用力道，领导未必欢喜的。”许志芳不复言语。月余，从老同学口中打探到，有个专利商标事务所，效益好，正招人。赶忙备考，一考即中。

许志芳办完辞职手续，在内燃机厂传达室门前，逮人寒暄作别。车间同事议论，“许志芳立在厂门口，立了半半六十日。”“做给大家看呗。”“她特地跟我讲，身上绒线衫新买的，牌子是真维斯。”“还烫头发了，怪里怪气，像只蓬头痴子。”“她一直怪里怪气。”“哦哟哟，还穿了踏脚裤。”“一脚长，一脚短，哪能踏脚。”众人哗笑。

逾数年，许志芳考取专利代理人资格，还自学日语。

当了骨干，继而升为所长助理。又几年，事务所改制。她得了分红，每年进账六十余万。把钱从家庭账户取出，存于自己名下。买个保险柜，锁了存折，无人时反复数点。

张援朝大哥患了前列腺癌，小妹的儿子要出国留学。许志芳拒绝借钱："张建国不是骂我乡下人吗。"张援朝道："他一直嘴巴臭，也不是针对你。再讲了，小妹待你总不错。"许志芳道："她表面客气，背地里不晓得讲啥。你看她对张建国意见大吧，当面比啥人都亲热。"

大年夜聚餐，许志芳被推为上座，挨着王阿妹。她不停绕过王阿妹，给儿子搛菜。腕间的老坑翡翠镯子，来回撞击碗盏。

张援朝道："你今朝没跟姆妈讲过一句闲话。"

"讲啥呢，有啥好讲。"

"你老早子拼命讨好她，是为了她几只私房铜钿吧。现在面孔一翻，飞起来了。"

许志芳目光绕了圆台面转。一时煞静。"是啊，我有钞票了，翅膀硬了。"

开春，王阿妹肺癌过世。许志芳在静安河滨花园购了房，置一套小叶紫檀中式家具。张援朝与她分居。她闲来无事，学电脑和法语。时或推窗观景。苏州河伏在窗底。水色微皱，波光流离，云影子一团团扫过。许志芳有了君临天下之感。她想做婆婆了。

许志芳帮儿子相亲，相了七八个。信息录入电脑，逐次比照。有个彭晓悦，以为是所长亲戚。见过三趟，发现是所长邻居的远房侄女。张奇不肯分手。许志芳道："上海小姑娘介许多，寻个外地人做啥。"僵持数月，她屈服了，"没办法，儿子就喜欢漂亮女人。"

许志芳开始盼孙子。白白里盼了两年。她迫他们看医生，看过几遍。又问儿子，和老婆多久"那个"一次。张奇眯眯笑，不言语。许志芳夜半蹑足去主卧，推一道门缝，张望良久，被彭晓悦发现。许志芳道："儿子不懂事体，当娘的关心关心。"

至年关，彭晓悦公司聚餐，晚归。许志芳打电话给前台，又摸到饭店，闹一场。回了家，将儿媳的大衣、套装、小礼服往窗外扔，"穿得像只狐狸精，一天到夜出去寻花头，"又道，"以为我不心痛啊，都是我家钞票买的，件件牌子货。"

一日甫晓，彭晓悦出门上班，再没回来。带走了身份证和本科毕业证。许志芳去她单位，发现已辞职。欲寻当初的介绍人，怕失了面子。乱过几日，到派出所做笔录。大盖帽笑道：“不会有啥危险的，多半是跟野男人跑了。”许志芳道：“我们户口给她，钞票给她，样样物什都给她。啥人会这样宠牢她。她到辰光懊悔了，不要来求我，”又道，“我儿子要啥有啥，年轻小姑娘随便挑。”

许志芳复又张罗相亲。对介绍人道：“分居两年就离婚了，现在笃笃定定先挑起来。”张奇不肯见人，追了问：“悦悦呢，悦悦哪里去了。”“死掉了。”如是几次，许志芳动起怒来，“张奇，你就是只戆大，你晓得吧。啥也不会做，只会惹事体。跟你讲了别要外地女人的。不是看中你娘有钞票，啥人眼乌珠瞎掉嫁给你。”张奇瘪了嘴，鼻头微红。她语气软下来，“一个个都拎不清，伤透我的心。”

夜半，许志芳在客厅储物柜里找安眠药，听得电话响。她啊呦捂胸，接了。“跷脚老太婆，受够你了，去死吧，哈哈哈……”许志芳挂断，意识到是彭晓悦。仿佛醉了酒，又似疯癫了。许志芳对牢话筒回骂：“你才去死，乡下人，小拉三，白眼狼。”一串忙音回应她。

许志芳掼了电话，瘫在真皮沙发里。沙发阔大，无边无际。枣红的紫檀木茶几，摆了花瓶、瓷杯、杂志、牙签罐、遥控器、餐巾纸盒。一方水晶相框立出来。张奇在框内微笑，露一线门牙，看着像个正常人。白衬衫，黑领结。头发上过油，梳向一边，贴伏住头皮，衬得颊颐硕大。那是他的结婚照，身边人被裁掉了，替上一张七寸黑白相片。相片里是三十来岁的许志芳，直短发，顺风耳。尼龙围巾层层叠叠，宛如花萼衬花朵，衬托她的面庞。她一腿立直，一腿微弯，似要往前迈步。鼓胸捏拳的气势，仿佛生活中的一切，统统难不倒她。

写于2013年9月7日星期六

改于2017年11月16日星期四

马朝阳

很多年里，马朝阳反复梦见自己，吮着老冰棍，随了父亲，走出大庆展览馆，去往儿童公园。父亲着狗皮帽、杠杠服、大头鞋，看似正要上工。面皮焦黑，手背却被劳保手套捂得爽白，白里浮了点点红，是常年用汽油洗手，染的慢性湿疹。那两爿红白的手，交叠在身后，引了马朝阳，梭行于方亭、长廊、水榭间，“看，油娃雕像。”马朝阳一撇头，父亲不见了。

那是最后一趟父子出游。父亲道：“我跟你姆妈决定了，你暑假去上海，寻你阿娘白相。”“白相几天啊，一个礼拜吗？”公园门口磕头机轰响，吞掉父亲的回答。

马朝阳的父亲排行老二。阿娘反复讲，亏欠这个儿子。当年家境困窘，他主动奔赴大兴安岭，又响应油田招工，继而在那里成家。“你爸当年读书交关好，十只指拇头白白长长，像是秀才手。”

阿娘住在闸北。屋棚跟稗草似的乱长，弄堂窄到撑不起晾衣竿。偶有一两只家养鸡，从连绵的屋头顶上扑腾而过。马朝阳放学乱走一气，巴望迷路才好。兜兜转转，还是到了。推门，上楼，一过道的畚箕、铅桶、刀砧板、煤球炉、塑料面盆。再爬半截木梯，便是三层阁。一米五的眠床，是大伯家三口睡的。阿娘使用儿童折叠床，床头正对老虎窗。窗框子兜了半幅油布，刮啦啦风响。地板条浸到雨水，泛了霉色，豁出一道道罅隙。马朝阳在此打地铺。闻了马桶气味，听了楼下响动，流泪至后夜。他每天写信，“爸爸妈妈，你们还在生我气吗，我不该舔铁栏杆。让我回来吧，用笤帚疙瘩打我一顿。我保证听话，再不舔了。”没钱买邮票，一封封折成方块，攒在书包里。

大伯家订了牛奶。堂兄有时忘喝，有时偷偷倒掉。阿娘拿来一瓶，“小东北，你吃吧，你阿哥不肯吃，放到明天坏脱。”马朝阳撕了蜡线，揭了纸盖，嘬掉瓶口凝积的奶油，慢慢喝起来。

稍后，大伯母发现了，跌足道：“贼骨头，乡下人，滚回你的东北。”将书包校服往外扔。马朝阳捡起，缩在楼梯旁哭。阿娘下来道：“认个错去。”“我没错。”“真惹他们光火了，你就变成‘小拉兹’，困了马路上吃西北风。”“死掉拉倒，反正没人关心。”阿娘甩手一记头挞，“天天帮你买汏烧，还要哪能关心。亲生爷娘关心你呀，把你掼给我。我一把老骨头了，从早做到晚。”马朝阳起身，低头，随她进屋去。

熬到春节，终能回大庆。下火车时，天色已然铁灰。马朝阳想起幼年光景，主妇用木材引火，从屋后油坑铲了石油，哧啦浇在火头上。一家一户腾起的炊烟，磕头机滴落的原油，地面天然气管道渗漏的气味。他抽抽鼻头，泪星子冻住睫毛，挂得眼皮发沉。

父亲小跑而来，捽住他的胳膊，来回摁捏，“瘦这么多，没好好吃饭吧。”

“上海菜太甜了，还装在咪咪小的碗盏里。”

“尝过小笼包吗。”

“没。”

父亲松开手，“你妈在家烧好了等你，你给我多吃点肉。”

马朝阳跟上他，“你们一道去上海吧。”

“我们要上班赚钱养活你。”

“那我也不去了。”

“不要拎不清，多少人爬都想爬回上海。我们为你好，你长大就晓得了。”

“我不晓得。你们不肯让我回家，还一直逼我讲上海话。”

父亲停了步，用夹生东北话道：“磨磨叽叽，跟个老娘们似的。有种把书念好了，给你妈长脸，否则永远别回来。”

年后回上海，阿娘发现马朝阳性格有变，“小东北学精乖了，闷声不响的，读书成绩刺刺叫上去。”大伯母道：“书蠹头，有啥用。一天到夜板了只死人面孔，欠他多还他少似的，以后哪能适应社会。”

马朝阳挤进年级前五，一径冒尖到高三，考上华东理工。毕业那年，逢到闸北拆迁，大伯母欲将他户口从大学迁回，操作不及，被冻结了。她道：“就怪你大伯伯良心忒好，白白里养了一老一小，要紧关头派不上用场。你嘛读大学，你阿娘嘛，去年翘了辫子，拖到今年多好。一只户口补偿十八万，两只三十六万呢。”马朝阳轻声道：“你也没白养，我爸寄钱给你的。”大伯母假作不闻，逾数月，用赔偿款买了新房，悄然搬走，还停掉寻呼机。

马朝阳找到工作，户口滞留在人才市场。父亲南下，吵了几回架，说服老三。三伯母让写保证书，“我，马朝阳，暂将户口挂到马尚武家，马尚武家的房产与我无关。”按了手印。三伯道：“阳阳真想做上海人，还要自己买房的，免得讨不着老婆。”父亲道：“肯定会买，我们不缺钞票。”三伯母睃了他身上半黄不白的平布衬衫，道：“那是，阿哥捧牢一只铁饭碗，我们下岗工人没法比。”

回东北前，父亲想看马朝阳住处。马朝阳弗肯，“张江高科蛮远的，租了张眠床，困困觉而已。”他陪父亲逛南京东路。父亲走得舒展了，指指点点，这家是新开的，那家扩了门面，“上海样样比我小辰光好，就一样不好，外地人多起来了，一路上人轧人。”马朝阳嗯啊应声，拉他进“培罗蒙”。父亲道：“做啥，我不买衣服。”马朝

回东北前，父亲想看马朝阳住处。马朝阳弗肯

阳掣住他，“没说买，先看看。”父子扭扯。父亲手臂一甩，纽扣落脱。

马朝阳俯身捉起那粒蹦蹦跳跳的纽扣，出了店门，小跑四顾。父亲已至街口，插行在两名路人间。他的小圆脑袋，像从人家肩胛旁溜过去的。马朝阳印象中，父亲身材最高，比王进喜还高，站在油管前“钩小头”，唰唰唰，跟甩纸片似的，还能一手一个煤气罐上楼。此刻，那双手反握在身后。平布衬衫黏湿了，背上显一块肉色。秃白的头旋，转过来，转过去，停在房产中介前，晃一下，进门了。马朝阳跺跺脚，喊一声爸，朝他奔跑起来。

写于2016年12月7日星期三

图书在版编目（CIP）数据

浮生二十一章 / 任晓雯著. — 北京：北京十月文艺出版社，2019.5
ISBN 978-7-5302-1931-7

Ⅰ. ①浮… Ⅱ. ①任… Ⅲ. ①短篇小说—小说集—中国—当代 Ⅳ. ①I247.7

中国版本图书馆 CIP 数据核字（2019）第 050384 号

浮生二十一章
FUSHENG ERSHIYI ZHANG
任晓雯 著

出　版　北京出版集团公司
　　　　北京十月文艺出版社
地　址　北京北三环中路 6 号
邮　编　100120
网　址　www.bph.com.cn
发　行　新经典发行有限公司
　　　　电话（010）68423599
经　销　新华书店
印　刷　北京盛通印刷股份有限公司
版　次　2019 年 5 月第 1 版
　　　　2019 年 5 月第 1 次印刷
开　本　787 毫米 ×1092 毫米 1/32
印　张　6
字　数　100 千字
书　号　ISBN 978-7-5302-1931-7
定　价　42.00 元
质量监督电话　010-58572393
如有印装质量问题，由本社负责调换。